Andrea Sawatzki
Tief durchatmen, die Familie kommt

PIPER

Zu diesem Buch

Ihr Mann hatte von Anfang an keine Lust auf Weihnachten. Gundula schon, irgendwie. Dass es eine Menge Mühe werden würde, die ganze Verwandtschaft zu beherbergen und zu bekochen, das war auch ihr klar. Aber dass die Sache so aus dem Ruder laufen würde, das hätte selbst Gundula nicht gedacht. Dabei liefert schon die etwas unglücklich zusammengestellte Gästeliste erste Hinweise auf mögliche Schwierigkeiten. Denn sie besteht aus Gundulas notorisch abgebranntem Bruder Hans-Dieter und seiner fettleibigen Frau, ihrer dominanten Mutter und ihrem dementen Vater mit einer Schwäche für alles Weibliche sowie ihrer Schwiegermutter Susanne, die noch immer stolz auf ihre erotische Ausstrahlung ist. Die einzige echte Überraschung allerdings ist, dass angesichts dieser ungünstigen Voraussetzungen Gundulas handfeste Ehekrise deutlich an Schärfe zunimmt …

»Egal, wie schlimm die eigene Familienfeier in diesem Jahr auch werden möge – wer dieses Buch in den Weihnachtstagen liest, wird lachend neben dem Christbaum liegen.« dpa

Andrea Sawatzki, geboren 1963, gehört zu den bekanntesten deutschen Film- und Fernsehschauspielerinnen. Mit ihrer Weihnachtskomödie »Tief durchatmen, die Familie kommt« erfand sie die Bundschuhs, es folgten vier weitere Spiegel-Bestseller mit der chaotisch-liebenswürdigen Familie, zuletzt »Woanders ist es auch nicht ruhiger«. Sämtliche Bände wurden mit Andrea Sawatzki und Axel Milberg in den Hauptrollen verfilmt. Andrea Sawatzki lebt in Berlin.

Andrea Sawatzki

TIEF DURCHATMEN, DIE FAMILIE KOMMT

Roman

PIPER

Mehr über unsere Autoren und Bücher:
www.piper.de

Wenn Ihnen dieser Roman gefallen hat, schreiben Sie uns unter Nennung des Titels »Tief durchatmen, die Familie kommt« an *empfehlungen@piper.de*, und wir empfehlen Ihnen gerne vergleichbare Bücher.

Von Andrea Sawatzki liegen im Piper Verlag vor:
Ein allzu braves Mädchen
Brunnenstraße
Biarritz

Die Bundschuhs:
Band 1: Tief durchatmen, die Familie kommt
Band 2: Von Erholung war nie die Rede
Band 3: Ihr seid natürlich eingeladen
Band 4: Andere machen das beruflich
Band 5: Woanders ist es auch nicht ruhiger

MIX
Papier | Fördert gute Waldnutzung
FSC® C021394

Ungekürzte Taschenbuchausgabe
ISBN 978-3-492-30650-8
1. Auflage Oktober 2015
11. Auflage Februar 2026

Für direkten Kontakt und Fragen zum Produkt wenden Sie sich bitte an:
info@piper.de
Umschlaggestaltung: Cornelia Niere, München
Umschlagmotiv: Jasmin Sander/plainpicture
Satz: Satz für Satz, Wangen im Allgäu
Gesetzt aus der Whitman
Gedruckt von ScandBook in Litauen
Printed in the EU

Für Christian, Moritz und Bruno

1.
Kapitel

Ich heiße Gundula Bundschuh. Wenn man diesen Namen hört, glaubt man genau zu wissen, wie die Frau dahinter aussieht, man muss sie gar nicht mehr kennenlernen. Und das ist genau mein Problem, ich finde nämlich, ich sehe wirklich aus wie Gundula Bundschuh.

Meine Mutter hat meinen Namen damals im Telefonbuch gefunden. Genauso wie den meines Bruders. Mein Bruder heißt Hans-Dieter, was auch nicht wirklich entspannt klingt, aber ich würde trotzdem lieber Hans-Dieter Schultze-Seemann heißen als Gundula Bundschuh. Bundschuh heißt mein Mann, Gerald Bundschuh. Er arbeitet beim Finanzamt, ich bin Hausfrau. Wir haben drei Kinder und zwei Hunde, und bis zu jenem legendären Weihnachtsfest vor drei Jahren lebten wir mehr oder weniger so vor uns hin wie viele Familien auch.

Gerald und ich führten eine gute, wenn auch nach siebenundzwanzig Jahren leidenschaftslose Ehe. Die Kinder wuchsen behütet auf und stritten nicht mehr als andere Kinder, das Häuschen war abbezahlt.

Ich weiß nicht genau, wann und wie die Idee entstanden war, das alljährliche Weihnachtsfest mit der ganzen Verwandtschaft immer in unserem Haus zu feiern. Fest steht, dass es zu einem unumgänglichen Ritual geworden war. Sämtliche Familienmitglieder schlugen pünktlich am 24. Dezember bei uns auf.

Jahr für Jahr lag ich nächtelang wach und wälzte Ausrede um Ausrede in meinem Kopf, wie ich am 24. die Verwandtschaft aus dem Haus halten könnte.

Aber nichts fiel mir ein. Sich Anfang Dezember von der Kellertreppe zu werfen hätte nicht geholfen, denn ich schwöre bei Gott, meine Familie wäre selbst dann erschienen, wenn ich im Gipskorsett unterm Weihnachtsbaum gelegen hätte.

Jedes Jahr, wenn sich der Sommer dem Ende entgegenneigte und die ersten Blätter fielen, ergriff mich eine unbestimmte Schwermut, und im Nachhinein weiß ich, dass es die Angst vor dem drohenden Weihnachtsfest war, die mich packte und im wahrsten Sinne des Wortes lahmlegte. Spätestens ab Oktober kaufte ich sämtliche Menü- und Dekorationshefte, die zum Thema Weihnachten neu auf dem Markt erschienen, und schichtete sie in der Küche zu einem Stapel auf. Sozusagen als Mahnmal dafür, dass die Feierlichkeiten bevorstanden. Bis zum 21. Dezember überließ ich diesen Stapel sich selbst, bis mich spätestens am zweiundzwanzigsten die erste Panikattacke überkam.

Sie werden jetzt denken: Es ist doch nicht weiter schlimm, wenn sich die Familie darauf freut, gemeinsam Weihnachten zu feiern. Dem Gedanken stimme ich grundsätzlich zu, in meinem Fall aber muss ich leider sagen: Sie kennen meine Familie nicht. Aber Sie werden sie noch kennenlernen …

2.
Kapitel

Am 22. Dezember saß ich gegen Mittag also wieder einmal unverrichteter Dinge vor meinem Zeitschriftenberg. Eigentlich wollte ich zwei Enten braten, mit Kartoffelbrei und Blaukraut, aber mein Mann Gerald hatte mir davon abgeraten. Er reagiert grundsätzlich zögerlich, wenn ich ein neues Rezept ausprobieren möchte. Ich selbst sah kein Problem. Das Rezept wirkte nicht so kompliziert. Ich bin keine besonders versierte Köchin, aber meistens gelingt doch alles irgendwie.

Das einzige Problem bestand darin, so kurz vor Weihnachten zwei Bioenten aufzutreiben. Vor allem, weil ich noch das Haus dekorieren musste.

Also bat ich Gerald um Hilfe. Er genoss seinen ersten freien Tag und hatte sich mit seiner Zeitung im Wohnzimmer verbarrikadiert.

»Schatz, kannst du mal rasch im Supermarkt die Bioenten kaufen?«

Gerald hob die Augenbrauen und machte ein Geräusch, als müsse er aufstoßen. Dann ließ er die Zeitung sinken und sah mich an.

»Jetzt?«

»Natürlich jetzt. Übermorgen ist der Vierundzwanzigste.«

Geralds Euphorie hielt sich in Grenzen. »Wieso kommst du immer auf den letzten Drücker mit so was an?«

»Vorher ging's nicht.«

Er gähnte. »Und wieso Enten?«

»Wieso nicht Enten? Das ist mal was anderes. Die gehen leicht, da mach ich Kartoffelbrei und Blaukraut und aus dem Entenfond Soße. Aber wir müssen uns ranhalten.«

»Wir? Ich brauch keine Enten zu Weihnachten.«

»Ich auch nicht, Gerald. Aber irgendwas müssen wir ja hinstellen. Du kannst ruhig mal mithelfen, wenn du schon rumsitzt!«

Er knurrte. Dann erhob er sich widerwillig, latschte in die Diele und zog seinen Mantel an. »Es ist ja nicht so, dass ich nie was tue, Gundula. Ich habe einen harten Job, und heute ist mein erster freier Tag.«

»Vergiss die Kartoffeln nicht und das Blaukraut. Und etwas Butter.«

Er hockte im Eingang, band sich die Schnürsenkel zu und murmelte: »Das musst du mir aufschreiben. Das kann ich mir nicht merken.«

»Meine Güte, stell dich doch nicht so an!« Ich seufzte. Einkaufen war nun wirklich keine Sklavenarbeit, das erledigte ich jeden Tag. Aber Gerald ließ seiner schlechten Laune freien Lauf und fügte allen Ernstes hinzu, dass meine Enten sowieso zäh und ungenießbar werden würden. Er kann ziemlich uncharmant werden.

»Hühnchen bekomme ich auch meistens hin.«

»Hühner sind keine Enten.«

»Nein, aber sie haben auch Flügel und gehören biologisch gesehen zur gleichen Familie.«

Er schüttelte nur den Kopf und brummte: »Das wird mir langsam ein bisschen zu viel Familie.«

»Was soll das denn heißen?«

»Das soll heißen, dass vor allem deine Familie uns besuchen kommt.«

Damit hatte er recht, und ich spürte ein unangenehmes Kribbeln im Nacken. Neben meinen Eltern erwarteten wir meinen Bruder Hans-Dieter mit seiner Frau Rose. Und Geralds Mutter Susanne.

Habe ich eigentlich schon erwähnt, dass sie sich untereinander nicht ausstehen können? Und trotzdem kommen sie jedes Jahr wieder.

Meine Mutter Ilse zum Beispiel sagte, sie freue sich ganz besonders auf unser Wiedersehen. Da mein Vater Alzheimer in fortgeschrittenem Stadium hatte, hoffte sie, ihn ein bisschen an uns abgeben zu können. Mein Bruder Hans-Dieter sagte, er und Rose hätten ausnahmsweise nichts vor (sie haben nie etwas vor, aber das steht auf einem anderen Blatt) und kämen gern, aber ich müsste ihnen beim Kauf der Zugtickets unter die Arme greifen, sie seien etwas knapp bei Kasse, und unter vier Nächten würde sich die lange Anreise nicht lohnen. Hans-Dieter ist *immer* knapp bei Kasse. Er borgt sich ständig bei allen Familienmitgliedern Geld und ist beleidigt, wenn man es irgendwann zurückhaben will. Er ist der festen Meinung, ein verkanntes Genie zu sein, und dass das Glück ihn ignoriert, um sich irgendwelchen »Arschlöchern an den Hals zu werfen«. Genau so formulierte er es einmal.

Hans-Dieter ist Schriftsteller. Er verfasst kleine Lebenshilferatgeber und ärgert sich, dass sie keiner kauft. Rose arbeitet bei der Kirche.

Der unproblematischste Gast war Susanne. Sie ist pflegeleicht und packt auch mal mit an. Zumindest behauptet sie das gern von sich. Probleme gibt es in ihren Augen nur dann, wenn man sich darauf einlässt.

Ich war mir allerdings ziemlich sicher, dass ein Problem auftauchen würde, das sich nicht umgehen ließ. Edgar. Mit meinem Vater nämlich hatte Susanne vor etwa dreißig Jahren eine heftige Affäre, und das wird ihr meine Mutter bis an ihr Lebensende nicht verzeihen. Wieso sollte sie auch.

Wie jedes Jahr aber baute ich darauf, dass ein Festmahl helfen würde, die Wogen zu glätten. Bei gutem Essen werden ja die größten Streithähne schwach.

Ich blätterte also den ganzen Nachmittag in meiner Kochzeitschrift und versank in den wunderschönen Bildern der verschiedenen Weihnachtsmenüs. Ich würde eine weiße Tischdecke auflegen und mit kleinen Tannenzweigen schmücken, die ich gemeinsam mit meinen Kindern im Wald sammeln wollte. Ein paar würde ich mit goldener Farbe besprühen, und an den Fenstern wollte ich selbst gebastelte kleine Sternchen aufhängen. Ich würde nur noch Goldlack und Bastelpapier besorgen müssen, dann könnte ich mit der Dekoration beginnen.

Als die Kinder von der Schule kamen, versuchte ich meinen Sohn Rolfi zu unserem Schreibwarenladen um die Ecke zu schicken. Er hatte wie immer schlechte Laune, und unsere Diskussion um den Sinn und Unsinn goldener Weihnachtsdekoration zog sich so lange hin, bis das Geschäft fast geschlossen hatte. Rolfi hilft grundsätzlich ungern im Haushalt, aber schließlich trottete er doch los. Ricarda brauche ich gar nicht erst zu fragen, sie wird schlagartig taub. Das hat sie von ihrem Vater.

Der Einzige, der immer gern hilft, ist Matz, aber der ist erst sieben und noch zu klein, um allein durchs Viertel zu laufen.

Ich verbrachte den restlichen Nachmittag damit, Lametta an Türklinken und Fenstergriffe zu hängen. Ich hörte schon die begeisterten Ausrufe meiner Familie: »Oh, Mami, sieht das schön aus! Wie bist du denn auf die Idee gekommen? Danke! Du bist die Beste!«

Stattdessen meldete sich mein Mann, der aus unerfindlichen Gründen mehrere Stunden für seinen Einkauf gebraucht hatte und jetzt erschöpft in seinem Sessel lag. Aber wenn ihm etwas nicht gefällt, ist er schlagartig hellwach.

»Gundula, was soll das werden, wenn es fertig ist?«

»Was meinst du mit ›was soll das werden‹, Gerald? Du siehst doch wohl, dass ich das Haus für Weihnachten dekoriere.«

»Ja, das sehe ich.«

»Dann frag doch nicht so blöd. Aber anstatt zu meckern, könntest du einfach mal was schön finden, was ich mache. Oder vielleicht selber eine Idee entwickeln. Dann müsstest du meine Arbeit nicht ständig kritisieren.«

»Ich kritisiere dich doch gar nicht. Es hat schon was, wie das da so hängt. Ich habe nur noch nie in meinem Leben Lametta an Türklinken hängen sehen.«

»Sieht scheiße aus, Mami«, sagte Ricarda beiläufig. Sie war die Treppen runtergekommen und stand vor der Klotür. An der Klinke baumelten drei Silberfäden.

»Ja, da hatte ich nicht mehr genug ...«

»Dann mach's ganz weg, sieht total arm aus.«

»Jetzt sei mal nicht so frech, Ricarda, das war viel Arbeit.«

Meine Tochter legte den Kopf schief. »Echt?«

»Ja, Herrgott noch mal. Und außerdem haben wir noch keinen Baum, weil dein Vater vergessen hat, ihn liefern zu lassen. Ich wollte trotzdem schon mal ein bisschen für weihnachtliche Stimmung sorgen.«

»Tu dir keinen Zwang an, Mami ...«

Damit zog sie ihren Mantel an.

»Wohin gehst du?«

»Ich schlaf heute bei Bine, hab ich dir doch gestern gesagt.«

»Aber morgen ist doch noch Schule?«

»Mami, chill mal, ist der letzte Schultag, da passiert nicht mehr viel.«

»Okay, rufst du dann später noch an?«

Aber sie war schon aus der Tür, ohne mich noch eines Blickes zu würdigen.

Kennen Sie dieses Gefühl? Sie versuchen, allen Unkenrufen zum Trotz, das Beste aus einer unmöglichen Situation zu machen, Sie ackern und räumen und kochen und schuften und sind nach stundenlanger Arbeit endlich an dem Punkt, wo Sie sagen können, ja, genau, so wollte ich es haben, und Sie können es kaum erwarten, Ihre Lieben zu überraschen. Und dann kommt einer nach dem anderen durch die Tür gelatscht und macht die ganze liebevolle Mühe mit den dämlichsten Kommentaren zunichte?

Genau so fühlte ich mich nach Ricardas Abgang jedenfalls.

Ich atmete tief durch. Heute würde ich mich auf keinen Fall von den Launen meiner Familie in die Knie zwingen lassen.

Rolfi kam dann irgendwann mit dem Bastelzubehör, aber natürlich war es da schon zu spät, um noch draußen Zweige zu schneiden. Morgen ist auch noch ein Tag, dachte ich unerschütterlich.

Wichtig war jetzt vor allem schummriges Licht, das würde eine gemütliche Atmosphäre machen und die Familienmitglieder friedlich stimmen. Ich fand eine Zwanzig-Watt-Birne und schraubte sie in die Deckenlampe ein. Das Wohnzimmer wirkte richtig romantisch, man musste nur genau darauf achten, wohin man trat.

Zum Abendessen machte ich ein paar belegte Brote, es war keine Zeit mehr gewesen, etwas Richtiges zu kochen. Natürlich gab es Proteste, aber ich hatte die Küche geschrubbt und wollte sie vor dem Heiligen Abend nicht wieder dreckig machen.

Als ich spät in der Nacht noch mal aufs Klo musste, stand Gerald vor dem Herd und brutzelte sich Spiegeleier mit Bratkartoffeln. Dass die Küche wie ein Schlachtfeld aussah, schien ihn nicht zu stören …

3.
Kapitel

Nach einem ziemlich hektischen Frühstück und nachdem ich die Kinder in die Schule gebracht hatte, suchte ich zuerst im Kühlschrank und dann im ganzen Haus nach Geralds Einkäufen. Aber ich fand nichts. Also weckte ich ihn und stellte ihn zur Rede. Seinem Genuschel konnte ich entnehmen, dass er angeblich keine Enten gefunden hatte.

Ich sah ihn vor mir, wie er missgelaunt vor dem Kühlregal stand und die fünfundzwanzig Bioenten übersah, die vor ihm im Geflügelfach lagen. Das Einzige, was er aufgetrieben hatte, waren ein Pfund Butter und eine Handvoll Kartoffeln.

»Was soll ich denn damit? Das reicht nicht mal für eine Person!« Vielleicht war ich zu direkt, aber so viel Unfähigkeit hatte ich nicht mal Gerald zugetraut.

»Du hast keine Mengenangaben gemacht«, sagte er patzig.

Manchmal sind seine Antworten so überwältigend doof, dass sich kein weiteres Wort lohnt.

So machte ich mich selbst auf den Weg. Was blieb mir

anderes übrig? Ich hatte mir die verdammten Enten in den Kopf gesetzt, und jetzt wollte ich sie auch haben.

Ich war ewig unterwegs. Als ich schon kurz davor war aufzugeben, kam ich zufällig an einem kleinen türkischen Trödelladen vorbei, in dem es Weihnachtsschmuck im Sonderangebot gab. Ich kaufte spontan den gesamten Vorrat auf. So billig würde ich nie wieder an Christbaumkugeln kommen, erfahrungsgemäß gingen jedes Jahr welche zu Bruch. Der nette Besitzer half mir, die Kartons in meinem Ford Fiesta zu verstauen, und auf dem Heimweg fuhr ich beschwingt an der Schule vorbei, um Mätzchen und seinen Freund Jakob abzuholen. Sie standen schon auf dem Gehweg und warteten auf mich. Ich sprang aus dem Wagen, öffnete den Jungs die hintere Tür und bemerkte da erst, dass sich die Christbaumkugeln auf der Rückbank bis unters Dach stapelten.

»Ihr müsst laufen, ihr passt nicht mehr rein.«

»Wir können nicht laufen, das ist viel zu gefährlich.« Matz wusste, wie er mich kriegen konnte. Aber ich blieb standhaft.

»Meine Mutter erlaubt nicht, dass ich tagsüber allein auf der Straße bin«, sagte Jakob.

»Du bist nicht allein, Matz ist bei dir.«

»Matz ist selbst noch ein Kind, der nützt nichts.«

»Stimmt. Was hast du da überhaupt drin in den Schachteln?«, fragte Matz neugierig.

»Geschenke.«

»Geschenke?!«

Matz kniff die Augen zusammen und versuchte etwas zu erkennen.

»Ja, alles für Weihnachten. Alles für euch!«

»Auch für mich?«

»Natürlich auch für dich.«

»Jakob, wir laufen!« Matz setzte sich zielstrebig in Bewegung und zog den maulenden Jakob mit sich.

Zu Hause angekommen, brauchte ich eine Weile, um alle Kartons in den Keller zu räumen. 398 Euro, aber dafür waren wir bis an unser Lebensende mit Weihnachtsschmuck versorgt. Ich hörte die Jungs nach Hause kommen, das hatte also auch geklappt.

Dann fielen mir die Kochbücher in die Augen. Verflixt. Ich hatte die Enten vergessen! Und nur noch ein Tag bis Weihnachten. Ich musste noch mal los.

»Matz?« Keine Reaktion. »Matz! Ich muss noch mal los!«

Totenstille. Wenn Kinder keine Geräusche mehr machen, ist das immer ein schlechtes Zeichen.

Ich stieg die Treppe zu Matz' Zimmer hoch und lauschte an der Tür. Aus dem Badezimmer gegenüber drang leises Kichern. Ich lugte durch den Türspalt. Die Jungs standen vor dem Waschbecken und blickten fasziniert auf einen riesigen Schaumberg.

»Was macht ihr da?«

Die Kinder zuckten zusammen und sahen mich an wie eine Fata Morgana.

»Was?«

»Was ihr da macht?«

»Nichts.«

»Matz, hör auf, ich hab doch Augen im Kopf. Was habt ihr da im Waschbecken?«

»Mama, wir machen ein Experiment, und du störst gerade.«

»Kinder, ich hab jetzt wirklich keine Zeit, was für ein Experiment ist das?« Mir wurde heiß. Das ist neuerdings immer so, wenn ich mich aufrege. Ich bekomme einen hochroten Kopf, Schweißausbrüche und Atemnot. Meine Mutter sagt, das seien die Vorboten der Wechseljahre.

Ich bin gerade mal siebenundvierzig. Aber so war sie schon immer. Sie denkt nur an sich und spürt nichts von den Verletzungen, die sie anderen zufügen könnte.

Ich blickte wieder ins Waschbecken. Der Schaum bewegte sich.

»Matz, da bewegt sich doch was.«

Er versuchte, gleichgültig zu klingen. »Rüssel.«

Rüssel war unser Meerschweinchen. Schon ein älteres Semester, bis dahin sehr zutraulich und ziemlich verfressen.

»Er wollte gern baden, weil bald Weihnachten ist. Er sah richtig unglücklich und schmutzig aus.«

»Und der stinkt immer so!«, warf Jakob ein. Die beiden machten sorgenvolle Gesichter. Der Berg gab ein zartes Knattergeräusch von sich und vibrierte.

Ich schob Matz beiseite, griff beherzt in den Schaum und zog etwas hervor, das sich anfühlte wie ein Kartoffelkloß mit Beinen. Rüssel strampelte und biss mich zum Dank in den Finger. Ich hielt den Jungs das völlig durchnässte Tier vor die Nase. »Schaut euch das mal an! Der bekommt jetzt eine Lungenentzündung, und an Weihnachten gibt es keinen Tierarzt.«

»Wir gehen einfach in die Tierklinik, das machen wir doch am Wochenende auch immer.«

»Nein, Matz, jetzt ist Schluss, ich bin wirklich böse! Meerschweinchen baden nicht. Grundsätzlich nicht. Die kommen aus Südamerika, da können die gar nicht baden.«

»Aber Rüssel ist doch Berliner.«

Was sollte man darauf antworten?

Ich wickelte das Schweinchen in ein Handtuch und war in Gedanken schon wieder bei meinen Weihnachtsvorbereitungen.

»Reibt ihn trocken, und benehmt euch, ich muss noch mal los, ja?« Damit war ich aus der Tür und ging ein letztes Mal auf Entenjagd.

4.
Kapitel

Der Abend des Dreiundzwanzigsten kam, und ich war guter Stimmung. Ich hatte aus der Tiefkühltruhe eines kleinen Supermarkts noch zwei schöne Bioenten hervorgezogen. Ohne Geralds Hilfe.

Jetzt würde ich die besten Weihnachtsenten auf den Tisch zaubern, die unsere Gäste je gegessen hatten. Ich sah sie schon auf dem Tisch, die Beinchen in die Luft gestreckt, im Popo ein Petersiliensträußchen (die Enten, nicht die Gäste, obwohl das mal eine interessante Variante wäre).

Ich sah mich vor unseren staunenden Gästen, wie ich mir lächelnd die Küchenschürze abband und sie Gerald in den ungläubig geöffneten Mund stopfte. Das Blaukraut würde ich aus der Dose zaubern, den Kartoffelbrei selbstverständlich selbst stampfen. Der gelang immer.

Die Enten lagen zum Auftauen auf dem Spültisch, aber nachdem Gullivers Nase ihnen mehrmals gefährlich nahe gekommen war, trug ich sie in das Vorratskämmerchen im Keller. Gulliver ist unsere Dogge. Er schafft es mühelos, alle Tische und Arbeitsplatten abzuräumen. Wenn er sich auf die Hinterbeine stellt, kann er mir die Pfoten auf die Schultern legen und über mich hinweggucken. Natürlich soll er das nicht. Also weder das eine noch das andere, aber mit der Erziehung hat es nicht so recht geklappt. Gerald und ich haben oft über richtige Hundeerziehung diskutiert, am Ende ist sie doch auf der Strecke geblieben. Wahrscheinlich haben wir die Diskussionen nur geführt, um mal wieder so richtig miteinander zu streiten. Nach siebenundzwanzig Ehejahren hat man manchmal nicht mal mehr zu einer anständigen Auseinandersetzung Lust. In gewisser Weise hat man ja schon alle Themen durch.

Sie denken jetzt vielleicht, wir führten eine unglückliche Ehe. Ganz so einfach ist es nicht. Wir fühlen uns wohl miteinander, wir sind uns nah. Und wissen wahrscheinlich deshalb so gut, wie wir riskante Gesprächsthemen vermeiden können, bevor die Situation eskaliert: Wir gehen einander dann einfach aus dem Weg.

Das klappt meistens. Ausnahmen wie neulich, als ich das letzte Wort haben wollte, bestätigen leider die Regel. Da musste Gerald dann in die Notaufnahme. Ich hatte ihm den Spaghettitopf hinterhergeschmissen und ihn am Kopf getroffen. Am schlimmsten ist im Nachhinein, dass ich kein Mitleid mit ihm hatte.

Gerald saß auf dem Boden, hielt sich den Kopf und schrie: »Ich blute!«

Ich dachte, das Blut sei Tomatensoße, und konnte mir das Lachen nicht verkneifen, weil er so komisch aussah. Ein paar Nudeln hingen zitternd an seinen Ohren herab.

Seit diesem Zwischenfall reißen wir uns mehr zusammen. Immerhin haben wir die halbe Nacht in der Notaufnahme verbracht, das möchte man auch nicht noch mal erleben. Vielleicht ist Zurückhaltung das Ende jeglicher Leidenschaft, aber wir kennen uns ja auch schon seit der Grundschule. Irgendwann ist eben Schluss mit den großen Gefühlen.

Am Abend des 23. Dezember jedenfalls war ich äußerst optimistisch, was die Bioenten betraf. Ich zauberte eine Riesenportion Kartoffeln mit Dillheringshappen auf den Tisch und war so euphorisch, dass mich nicht mal das einstimmige Maulen meiner Kinder aus der Fassung bringen konnte. »Schon wieder Hering? Das gab's doch erst vorgestern. Warum immer das Gleiche?« Und so weiter. Ich erwiderte, dass es die letzten Heringshappen vor drei Tagen gegeben habe und heute das Ablaufdatum sei.

»Dann können wir das nicht mehr essen!« Matz riss die Augen auf und starrte in die Heringsschüssel, als hätte ich Blausäure drübergekippt.

»Matz, das Ablaufdatum bedeutet nicht …«

»Mama, entspann dich, ich hab sowieso keinen Hunger«, sagte Ricarda, fünfzehn Jahre jung und trotzdem von großer Lebenserfahrung. Gerald nennt das Pubertät. Für mich ist es ein missglückter Erziehungsversuch. Wie bei Gulliver. Nur schlimmer.

Ricarda schwebte an mir vorbei zum Kühlschrank,

nahm sich ein Stück Käse und eine Flasche Cola und verschwand auf ihr Zimmer. Rolfi entrang sich noch ein: »Für mich bitte nur Kartoffeln und Butter, wenn's geht«, und richtete seinen Blick wieder auf sein iPhone.

Gerald las die Zeitung vom Vortag. Ich glaube, das tat er nur, um sich nicht an Familiengesprächen beteiligen zu müssen. Wenn es ihm überhaupt aufgefallen war, dass er eine alte Zeitung las. Schwamm drüber, ich musste mit meinen Kräften haushalten.

5.
Kapitel

Der 24. Dezember war ein Freitag und der erste Ferientag. Gerald und die Kinder schliefen noch tief und fest, als ich mich um sechs Uhr früh aus dem Bett schälte, um mit den Hunden Gassi zu gehen. Wir haben nämlich neben Gulliver noch Othello. Othello ist ein kleiner schwarzer Rauhaardackel, und man könnte ihn leicht übersehen, wenn er nicht ständig in den höchsten Tönen kläffen würde.

Es regnete in Strömen, und ich war in kürzester Zeit klatschnass, weil es mir nicht gelang, den verbogenen Regenschirm aufzuspannen. Ich schmiss ihn kurzerhand hinter die Hecke unserer Nachbarn und drehte mich nach Othello um. Er war nicht mehr da. Ich blickte wieder zu Gulliver, der regungslos und versonnen an einen Baumstamm gelehnt vor sich hin pinkelte. Gut. Dann lief ich zum Haus zurück.

Othello saß noch immer vor der Haustür. Er hatte sich offenbar keinen Millimeter bewegt. Zitternd, mit herabhängenden Ohren und eingeklemmtem Schwanz, hockte er auf der Türschwelle und starrte in den Regen.

»Othello!« Keine Reaktion. »Komm, Othello, Gassi gehen!«

Er zuckte mit keiner Wimper. Sein Gesichtsausdruck war undurchdringlich. Eine Mischung aus Empörung und absoluter Resignation. »Los, komm jetzt. Das ist so egoistisch von dir, du Blödkopf. Ich werde auch nass. Verflixt, heute ist Weihnachten, und wir haben noch einiges vor!«

Ich trug ihn auf die Straße. Er hing schlaff in meinen Armen und ließ alle viere hängen. Als ich ihn absetzte, guckte er strafend zu mir hoch. »Mach Pipi, los.« Er nieste. Gulliver stolzierte an uns vorbei und trollte sich Richtung Hauseingang. Ich wartete noch ein paar Sekunden, dann folgte ich ihm. Als ich die Haustür erreichte, saß Othello schon triumphierend davor. Geht doch.

Im Haus war es immer noch still, also riss ich erst mal die Jalousien hoch, um meine Familie wach zu kriegen. Das funktioniert eigentlich immer. Die Rollläden sind aus Holz und machten wie immer einen Höllenlärm.

Kurz darauf kam Rolfi die Treppe runtergetapst. Er hatte verquollene Augen und sah alles andere als ausgeschlafen aus. »Mann, Mama, ich hab Ferien, warum machst du so einen Krach? Es ist noch nicht mal sieben.«

»Guten Morgen, mein Großer! Frohe Weihnachten!« Ich gab ihm einen Kuss und sagte: »Weck mal den Rest, Hans-Dieter und Rose kommen schon gegen neun.«

»Wer?«

»Dein Onkel Hans-Dieter und deine Tante Rose.«

»Wieso kommen die denn so früh morgens?«

»War die billigste Zugverbindung, die sind schon seit fünf unterwegs.«

Ich schüttete Hundefutter in zwei Schüsseln und stellte sie in die Küchenecke. Gulliver, der neben dem Tisch gelauert hatte, stürzte vor und stieß mich beiseite. Ich versuchte noch, mich an Rolfi festzuklammern, aber dann krachten wir gemeinsam zu Boden.

»Mann, das nervt vielleicht!«, rief er, rappelte sich auf und trottete wieder in sein Zimmer.

»Hey! Nicht in diesem Ton, ja?«, sagte ich streng. Man soll mir nicht nachsagen können, dass ich meine Kinder nicht im Griff hätte.

Ich stand auf und öffnete die Blaukrautdosen. Ich hatte gelesen, dass man Blaukraut ganz lang kochen muss, damit es richtig lecker schmeckt. Ich kippte alles in einen großen Topf und stellte ihn auf den Herd. Dann lief ich nach oben, um mich anzuziehen (den Hundespaziergang mache ich aus Bequemlichkeit immer im Morgenmantel).

Ich wollte noch rasch los und ein paar allerletzte Besorgungen machen. Kurz schaute ich ins Schlafzimmer. Gerald war nicht zu sehen, er hatte sich wieder unter dem Kopfkissen versteckt. Das macht er immer so. Er wünscht sich wahrscheinlich, unentdeckt zu bleiben.

Ich riss die Vorhänge auf und rief fröhlich: »Guten Morgen, Schatz! Frohe Weihnachten! Stehst du auch auf? Um acht kommt der Christbaum, der Ständer ist im Keller, der muss noch mit Sand gefüllt werden!«

Keine Reaktion. Aber das hat bei Gerald nichts zu sagen, er steht immer erst auf, wenn ich nicht mehr in der Nähe bin.

Das ist eigentlich ganz praktisch. Morgens ist er meistens nicht so gut gelaunt, da ist es besser, wenn man sich erst mal aus dem Weg geht.

6.
Kapitel

Als ich kurze Zeit später vom mit Einkaufstüten beladenen Fahrrad stieg, standen Hans-Dieter und Rose schon vor der Tür. Beide machten vorwurfsvolle Gesichter.

»Wieso seid ihr denn schon da?«, rutschte es mir raus. »Ihr seid viel zu früh!«

»Es ist gleich zehn, wir stehen hier schon seit Ewigkeiten. Im Haus scheint keiner zu sein, es hat jedenfalls niemand aufgemacht.«

Ich sah auf meine neue Armbanduhr. Gerald hatte sie mir bei einem Kaffeeanbieter als verfrühtes Weihnachtsgeschenk gekauft, ich fand sie so hübsch, sie sah aus wie die, für die Nicole Kidman immer Werbung machte.

Sie war um neun stehen geblieben. »Verflixt.«

Ich schob das Fahrrad an den beiden vorbei, löste die Tüten von den Griffen und lehnte es an die Hauswand. Dabei fiel mir ein, dass Rolfi mir schon im Sommer versprochen hatte, den Fahrradständer zu reparieren.

»Na, umso besser, dann könnt ihr ja ein bisschen mit anpacken!«

»Das wird schlecht gehen«, sagte Rose. »Hans-Dieter hat's wieder mit der Bandscheibe …«

Ich sah meinen Bruder an. Er verzog das Gesicht zu einer Grimasse und zuckte mit den Schultern.

Hans-Dieter hat immer irgendwas. Vor allem dann, wenn er mit anpacken soll.

»Ach, das tut mir aber leid«, log ich und umarmte beide kurz. Es war ja Weihnachten, und ich wollte die gute Stimmung im Haus nicht verderben. »Dann kommt mal rein, ich mach euch erst mal einen schönen Kaffee.«

»Hast du auch Tee?« Mein Bruder stapfte die Eingangsstufen hinter mir hoch und stöhnte. Er hatte seine unvermeidlichen ausgebeulten Cordhosen an, und ich fragte mich, ob er wohl noch eine andere Hose besaß. Dann drehte er sich zu Rose um, die versuchte, zwei Koffer die Treppen hochzuschleifen.

»Rose, lass mal, das ist zu schwer für dich, das können die anderen nachher noch reinholen.«

»Oder sie nimmt die Koffer nacheinander, wir haben doch Zeit!«, wandte ich ein.

Rose war ganz schön fett geworden, ihr Mantel platzte aus allen Nähten, ein bisschen Bewegung würde ihr guttun, dachte ich. Aber ich biss mir auf die Zunge.

»Wann kommen unsere Eltern?«, fragte Hans-Dieter.

»Gegen vier, zum Kaffee! Ich hoffe, da steht der Baum dann schon, Gerald sollte sich eigentlich …«

»Hast du auch Tee?«, wiederholte er seine Frage. Der Baum schien ihn nicht zu interessieren.

»Weiß ich jetzt nicht, ich muss mal gucken.«

»Gundula, du weißt doch, dass ich keinen Kaffee trinken darf. Ich habe Kaffee noch nie vertragen.« Er schaute mich an und spielte den Gekränkten.

»Nein, Hans-Dieter, das hab ich nicht vergessen, ich hab nur gerade so viel im Kopf, das ganze Essen, die Geschenke – ach Gott, die Enten muss ich …«

»Aber du hast nicht dran gedacht!«

»Hans-Dieter, glaub mir, du kriegst deinen Tee, ich muss nur …«

Er tätschelte unbeholfen meinen Arm und kicherte. »Schwesterherz, das war doch nicht böse gemeint, ich trinke zur Not auch heißes Wasser …«

Hinter uns polterte es. Ein spitzer Schrei, dann war es wieder still.

»Rose!«

Hans-Dieter stolperte die Stufen hinunter zu seiner Frau. Die lag rücklings am Fuß der Treppe und sah in ihrem gelbbraunen Mantel aus wie ein überdimensionaler toter Kartoffelkäfer.

»Rose, um Himmels willen!«

Sie starrte blicklos in den Himmel, und ich vergaß vor Schreck zu atmen. Dann öffnete sie plötzlich den Mund und machte ein Geräusch wie ein Kolikschaf, dem man auf der Weide einen Pfahl in den aufgeblähten Bauch rammt: »Pffffffffft.« Schließlich rollte sie auf die Seite und rappelte sich hoch. Ihr Gesicht war puterrot.

Hans-Dieter umarmte sie zärtlich. »Rose!« Das muss wahre Liebe sein, dachte ich bissig. Gerald hätte mich wahrscheinlich liegen gelassen und sich schnell aus dem Staub gemacht.

»Ich hab gewusst, dass mir der Koffer zu schwer ist, aber ich wollte nicht zur Last fallen mit dem ganzen Gepäck«, sagte Rose vorsichtig.

Hast du Schmerzen? Sollen wir ins Krankenhaus?, lag es mir auf den Lippen zu fragen. Aber noch bevor ich diese Worte ausgesprochen hatte, wusste ich, dass ein Arztbesuch heute meine Planung ruinieren würde. Ich suchte deshalb die Flucht nach vorn: »Oh, mein Gott, ich rufe den Notarzt, du hast dir sicher was gebrochen, und das an Weihnachten, wo wir es uns doch so gemütlich machen wollten. Hoffentlich behalten sie dich nicht da!«

Hans-Dieter und Rose sahen mich an, und ich meinte, in ihren Augen die schrecklichen Bilder zu sehen, die sie sich ausmalten. Rose in einem Gipskorsett in einem kahlen Krankenzimmer. Völlig bewegungslos, einsam, unter Schmerzen. Vor ihrem weißen Krankenhausbett auf einem Tischchen ein winziger Plastikweihnachtsbaum und ein kleiner Kassettenrekorder, der Weihnachtslieder von den Regensburger Domspatzen spielte.

Rose fasste sich an den Hintern: »Nein, nein, es ist nur, ich bin aufs Steißbein geknallt, das hat richtig geknackt, und jetzt kann ich –«

»Rose, so schlimm ist es nicht, gell? Atme tief durch, und leg dich drinnen erst mal etwas hin.« Hans-Dieter hatte sich wohl auch vorgenommen, das Weihnachtsfest ohne größere Zwistigkeiten durchzustehen. Rose griff mit ihren kleinen Patschhändchen nach Hans-Dieters Arm.

»Stopp! Halt dich nicht an mir fest, bitte. Du weißt ja, ich kann keine Gewichte tragen. Halt dich an Gundula fest.«

Ich ließ die Einkaufstüten sinken und kam meiner Schwägerin zu Hilfe. Sie hatte Tränen in den Augen und seufzte bei jedem Schritt auf. Aber ich hatte jetzt wirklich keine Zeit, mich näher mit ihrem Zustand zu befassen.

Im Haus war es immer noch still. Immerhin war der vorbestellte Weihnachtsbaum auf unergründlichen Wegen ins Haus gelangt. Er lag quer über dem Esstisch. Unter dem Tisch eine riesige Pfütze.

»Gerald!« Ich musste mich sammeln. Ruhig weiteratmen, nicht hyperventilieren, an etwas Schönes denken! »Gerald – wo steckst du?« Stille. Dann ein Rums. Das kam aus dem Keller, wir hörten jemanden fluchen. Gerald. Ich lief zur Kellertür.

»Gerald? Was machst du da unten? Der Weihnachtsbaum ist schon da und liegt auf dem Esszimmertisch.«

»Das weiß ich selbst, ich hab die Leute ja reingelassen! Wo ist der verfluchte Ständer? Nie ist in diesem Haus etwas an seinem Platz!«

»Ja, da müsste mal jemand aufräumen«, rief ich heiter zurück.

»Es geht nicht ums Aufräumen, es geht darum, dass keiner die Sachen dahin zurückräumt, wo sie hingehören!«

»Dann räum du sie doch weg, dann findest du sie leichter wieder!« Ich unterdrückte die in mir aufkeimende Wut. Gerald konnte unglaublich schwerfällig sein. »Vielleicht ist er ja in der Garage!«, schob ich aufmunternd nach.

»Weißt du, Gundula, das ist wieder typisch für dich, dass du –«

Klack.

Ich hatte die Kellertür geschlossen und wandte mich wieder meinen Gästen zu.

»Kaffee?«

7.
Kapitel

Zum Glück hatte irgendjemand den Ofen ausgeschaltet, sonst wäre wegen des Blaukrauts vielleicht noch das ganze Haus in Flammen aufgegangen. So war nur das Blaukraut leicht angebrannt, und wenn ich den unteren Teil im Topf kleben ließ, konnte man den Rest sogar noch essen.

Hans-Dieter und Rose hatten sich in Matz' Zimmer zurückgezogen, um sich etwas auszuruhen. Matz und Rolfi mussten bei Ricarda auf dem Fußboden schlafen. Ricarda hatte sich geweigert, den Gästen ihr Zimmer zur Verfügung zu stellen. Das hatte sie nun davon.

Meine Eltern sollten in Rolfis Zimmer schlafen, Geralds Mutter musste im Wohnzimmer mit der Couch vorliebnehmen.

Nachdem ich alle Betten bezogen und Schlafsäcke verteilt hatte, machte ich mich daran, den Christbaum zu schmücken. Gerald hatte es wundersamerweise geschafft, den Baum in den Ständer zu setzen, allerdings fehlte immer noch der Sand. Deshalb lehnte der Baum in voller Größe an der Wand.

Dass er nicht wirklich festlich aussah, konnte nicht an den Kugeln liegen. Ich hatte den Großteil meines Vorrats an ihm befestigt. Aber er sah leider aus, als sei er eben in einen mittelschweren Tornado geraten. Außerdem wuchs er ein bisschen zur Seite, weswegen der Goldengel, der bei uns alljährlich zum Weihnachtsfest auf der Baumspitze hockt, Probleme mit dem Gleichgewicht hatte.

Na ja, wichtig war doch, dass überhaupt ein Baum dastand, unter den wir unsere Geschenke legen konnten. Und er roch wie eine richtige Tanne. Weihnachten konnte kommen!

Ich packte die restlichen Kugeln in die Kisten zurück und trug sie in den Keller. Während ich darüber nachdachte, dass sich meine ganze Mühe nicht lohnte, wenn niemand aus meiner Familie von Herzen mit mir Weihnachten feiern wollte, fiel mir ein, dass ich ja noch putzen wollte. Mit dem Wohnzimmer würde ich anfangen, der Teppich war voller Tannennadeln, Gerald hatte sich wohl einen erbitterten Kampf mit dem Baum geliefert, um ihn in den Ständer zu bugsieren. Ach, Gerald …

Ich packte den Staubsauger und schleppte ihn nach oben.

Und mit einem Mal fühlte ich mich richtig einsam. Rolfi und Ricarda waren mit Freunden ins Kino gegangen, Matz bastelte einen Parcours für Rüssel. Mein Bruder und Rose schliefen. Und mein lieber Mann Gerald saß mit geschlossenen Augen in seinem Lieblingssessel, hatte sich seine Kopfhörer übergestülpt und hörte seine Schlager. Ja, Sie lesen richtig, mein Mann hört Schlagermusik. Früher habe ich mich dafür in Grund und Boden geschämt. Ich habe lange an mir gearbeitet, um Gerald diese Geschmacksabweichung zugestehen und offen darüber sprechen zu können. Inzwischen kann ich ganz unbeschwert über Geralds Musikgeschmack reden, ohne mich für ihn zu schämen. Vielleicht finden Sie mein Problem ein bisschen übertrieben, aber manche Sachen kann ich einfach nicht übergehen. Die muss ich für mich bearbeiten. Ich habe dafür eine Art Coach, einen sehr netten Mann aus unserer Nachbarschaft, der eigentlich Heilpraktiker ist, sich aber in den letzten Jahren auf Psychologie und Psychotherapie verlegt hat. Herr Mussorkski. Er ist sehr erfolgreich und, ehrlich gesagt, der einzige Mensch, der mir regelmäßig zuhört. Manchmal träume ich davon, dass Herr Mussorkski anders aussah und ich mich unsterblich in ihn verlieben würde. Tatsächlich aber reicht er mir nur bis zur Schulter und ist eher fettleibig. Seine Hände sind weich und feucht und seine Brille immer so verschmiert, dass ich bis heute nicht weiß, welche Augenfarbe er hat. Aber durch ihn habe ich gelernt, erwachsene Männer, die Schlagermusik hören, dennoch als Männer zu akzeptieren. Obwohl ich eigentlich finde, dass sie gar keine richtigen Männer sind. Sondern Weicheier. Es war sehr schwierig, in Gerald einen richtigen Mann zu sehen, weil er bei jedem Treffen seine Schlager spielte. Die Kinder haben wir trotzdem irgendwie hinbekommen, also hat er trotz seines Musikgeschmacks in gewisser Weise seinen Mann gestanden.

Ich beobachtete Gerald, wie er da selig lächelnd unter seinen riesigen Kopfhörern lag, und plötzlich durchglühten mich heiße Liebe und tiefes Verständnis für seine geheimen Leidenschaften.

Ich ging zu ihm, beugte mich über sein friedliches Gesicht und küsste ihn auf den Mund. Er rührte sich nicht. Ich stöpselte seine Musik aus. Prompt öffnete er die Augen und nahm langsam den Kopfhörer ab. »Gundula, warum tust du das?«

»Was?«

»Du hast meine Musik ausgemacht.«

»Natürlich. Ich muss staubsaugen.«

»Warum machst du dann meine Musik aus?«

»Meine Güte, Gerald, stell dich nicht so an. Es gibt in diesem Zimmer nur eine funktionierende Steckdose.«

»Du hättest mich fragen können, ob du jetzt staubsaugen kannst.«

Mir wurde plötzlich sehr warm, und ich begann zu schwitzen. »Wie bitte? Ich soll dich um Erlaubnis fragen, ob ich staubsaugen darf? Du spinnst wohl!«

»Gundula, bitte nicht in dem Ton.« Er stand auf.

»Ich soll dich um Erlaubnis fürs Staubsaugen bitten? Du hast doch nicht alle Tassen im Schrank!« Ich wischte mir ein paar Schweißtropfen von der Oberlippe. Ich durfte jetzt nicht hysterisch werden.

»Gundula, ich kann so nicht. Lass mich bitte vorbei,

ich möchte nicht in diesem Ton darüber diskutieren, ob du –«

»Was hast du denn immer mit deinem Scheißton?«

»Ich gehe. Ich brauche frische Luft.« Er zog tatsächlich Mantel und Schuhe an.

»Du kannst jetzt nicht gehen. Nachher kommen die anderen!«

»Vielleicht können die ja mehr mit deinem Staubsauger anfangen!« Gerald knallte die Tür hinter sich zu und war verschwunden.

8.
Kapitel

Ich war gerade fertig mit der Staubsaugerei, als die Kinder aus dem Kino zurückkamen. Sie versuchten sich an mir vorbei in Ricardas Zimmer zu stehlen.

»Hiergeblieben! Ihr müsst den Kaffeetisch decken, eure Großeltern kommen jeden Moment!«

»Wir sind total müde, Mama! Das kann doch Matz machen!« Ricarda dachte immer gern an ihre Geschwister, wenn es darum ging, sich vor etwas zu drücken.

»Matz ist zu klein, der darf das gute Geschirr nicht anfassen.«

»Matz ist sieben!«

»Eben.«

»Dann nimm doch normales Geschirr. Merkt doch eh keiner, was da für'n Geschirr auf dem Tisch steht.«

»Was gibt's überhaupt für Kuchen?«, fragte Rolfi.

»Rolfi! Du lebst! Wie schön, du hast gesprochen!« Wenn ich wütend wurde, konnte ich auch boshaft werden. Und seit einiger Zeit sprach mein Sohn tatsächlich kaum mit mir.

»Sehr witzig.«

Ich nahm ihn in den Arm und drückte ihm einen Kuss auf den Mund. Manchmal überkommt mich eine so tiefe Liebe, dass ich meine Kinder am liebsten fressen würde. Das passiert immer ganz überraschend, und ich muss sie dann sofort an mich ziehen und küssen. Früher mochten sie das und haben ihre dünnen Arme um mich geschlungen. Diese Momente wahren Glücks fehlen mir manchmal.

»Mann, Mama, lass los, das nervt!«

»Gut, dann nicht. Irgendwann wirst du dich nach den Küssen deiner Mutter zurücksehnen.«

»So was darfst du nicht sagen, damit machst du ihn schwul!« Ricarda strich sich über den Bauch. »Ich esse sowieso keinen Kuchen. Ich bin zu fett. Ich geh nach oben.«

»Ricarda! Du bleibst hier und hilfst gefälligst! Du holst jetzt auf der Stelle die Keksdose und den Stollen aus dem Keller.« Wenn meine Stimme kurz davor war, sich zu überschlagen, gehorchten die Kinder meistens.

»Was? Keinen Kuchen?« Rolfi zog ein Gesicht. »Sind die Kekse wenigstens selbst gebacken?«

»Wann soll ich das denn noch alles machen?«

»Du bist doch eh den ganzen Tag zu Hause.« Ricarda schlappte die Kellertreppe runter. Immerhin gehorchte sie, darum verbiss ich mir eine Zurechtweisung. Ich merke schon seit Längerem, dass ich in den Augen meiner Tochter keine vollwertige Frau bin. Die Mütter ihrer Freundinnen waren alle berufstätig. Hausfrauen fand sie total uncool. Außerdem nervte sie meine

Anwesenheit. Sie hätte das Haus am liebsten für sich allein.

Ich habe, bevor die Kinder geboren wurden, als Produktionssekretärin bei einer Filmfirma gearbeitet. Und dann Elternzeit genommen. Dass wir gleich drei Kinder bekamen, war nicht geplant gewesen, aber jetzt ist es umso schöner. Ich bin immer deutlich stolz, wenn ich sage: Ich habe drei Kinder. Und einen Mann. Das hört sich doch besser an, als zu sagen: Ich bin Rechtsanwältin, alleinstehend, leider kinderlos. Oder: Ich bin Rechtsanwältin, kinderlos, und mein Freund ist erfolgreicher Schönheitschirurg. Wir haben ein Penthouse und schicke Klamotten und reisen gern. Wir schaffen es kaum, das viele Geld wieder loszuwerden! Furchtbar, dieser Stress!

Wie bemitleidenswert!

Natürlich kränkt es mich darum umso mehr, wenn die Kinder mich respektlos behandeln. In schwachen Momenten wirft mich das völlig aus der Bahn, weil mein schöner Lebensentwurf dann Risse bekommt.

Gerald sagt immer: Mein Gott, Gundula, das ist die Pubertät. Kinder müssen sich ihren Freiraum erkämpfen!

Ich antworte: Wieso erkämpfen? Ich lasse ihnen doch ihren Freiraum. Aber sie meckern trotzdem immer an mir rum! Und er sagt: Na ja, du bist eben wirklich immer zu Hause.

Das ist das Problem fast aller Mütter. Wir machen uns so viele Gedanken darüber, alles richtig zu machen, dass wir am Schluss den Faden verlieren und vergessen, wo der Anfang war.

»Was starrst du so?« Rolfi stand immer noch in der Küche und sah mich merkwürdig an. »Ach, Rolfi, manchmal bin ich ganz traurig, weil ich das Gefühl habe, ich mache alles falsch.«

Er sah mich an und umarmte mich ganz fest: »Mama, das ist doch nicht ernst gemeint. Wir haben dich voll lieb!«

Ich sah in seine wunderschönen grünen Fast-noch-Kinderaugen, gab ihm einen Kuss und unterdrückte Tränen der Rührung: »So, jetzt muss ich mich aber ranhalten, die Gäste kommen, und der Tisch ist noch nicht gedeckt! Ruh dich noch ein bisschen aus, mein Großer!«

Dann öffnete ich den Schrank, um das gute Geschirr herauszunehmen.

9.
Kapitel

Ich hatte gerade die Tassen aus dem Schrank genommen, als es an der Tür klingelte. Ich guckte durchs Fenster und sah meine Eltern vor dem Gartentor stehen. Meine Mutter begutachtete die Fassade des Hauses und hielt meinen Vater am Arm. Der blickte auf seine Schuhe und schien etwas zu suchen. Beide wirkten zerbrechlich und hilflos. Sie waren alt geworden. Ich ging zur Haustür und öffnete, als es noch einmal klingelte.

»Ich komm ja schon! Seid doch nicht so ungeduldig!«

»Hast du uns später erwartet?« Meine Mutter versuchte die Gartentür zu öffnen.

»Lass mal, Mama, die klemmt!«

Sie rüttelte weiter und ließ meinen Vater los, der sich sofort umdrehte und die Straße hinuntersah: »Jetzt ist der Trottel ohne uns losgefahren.«

Ich sperrte das Tor auf und umarmte meine Mutter. Das graue Haar hing ihr strähnig ins Gesicht. Sie sah erschöpft und unglücklich aus. Mein Vater drehte sich zu mir: »Wo kommst du denn auf einmal her?«

»Ich wohne hier, Papa. Wir feiern zusammen Weihnachten!«

»Ach, das ist ja schön. Sind die anderen auch da?«

»Ja, nur Susanne fehlt noch, die kommt etwas später.«

»Susanne?«

»Die Mutter von Gerald. Wir haben uns alle auf euch gefreut, Matz baut schon den ganzen Morgen einen Parcours für Rüssel, er will mit dir ein Rennen starten.«

Bevor mein Vater fragen konnte, sagte meine Mutter: »Matz ist dein Enkel.«

»Na hör mal, das weiß ich doch!« Er lief an uns vorbei und trabte die Treppen hoch. Wir blickten ihm nach.

»Er läuft erstaunlich gut«, sagte ich.

»Ja, leider.«

Dann folgten wir ihm ins Haus. Das haben wir übrigens von Geralds Erbe bezahlt. Es ist klein und sieht genauso aus wie alle anderen Häuser in der Straße. Wir haben es irgendwann grün gestrichen, damit wir nicht ständig daran vorbeilaufen, wenn wir nach Hause wollen. Danach haben unsere Nachbarn drei Wochen nicht mehr mit uns gesprochen, bis wir ein Grillfest in unserem Garten veranstalteten. Dafür mussten wir die Urlaubskasse plündern und den Sommer zu Hause verbringen. Gerald war stinksauer: »Was kümmert es mich, ob mich die Nachbarn grüßen?«

Und ich antwortete: »Dich kümmert's nicht. Du siehst sie ja nie.«

Dass ich mich hier ganz gern zu Hause fühlen möchte, kam ihm nicht in den Sinn. Er versucht erst gar nicht, sich in mich hineinzuversetzen. Herr Mussorkski meint, das liegt daran, dass ich es nie von ihm gefordert habe. So hätte Gerald es nicht lernen können. Es sei also eigentlich nicht Geralds, sondern meine Schuld. Er sagt, ich solle einfach mal abhauen, am besten, ohne vorher Bescheid zu geben. Natürlich müsste ich einen Abschiedsbrief hinterlassen, in dem ich meine Entscheidung erkläre. Und ich dürfte erst wiederkommen, wenn meine Familie mich auf Knien darum bitten würde. Ich hab ihn gefragt, wer das bezahlen solle. Liebe Frau Bundschuh, hat er geantwortet, das ist schon das erste Missverständnis. Es handelt sich hier nicht um einen Kurzurlaub, sondern um eine Art zwangsverordnete Evakuierung, um gewohnheitsmäßige Verhaltensmuster zu durchbrechen und Platz für neue Erfahrungen zu schaffen. Aber wenn Sie sich immer selbst Steine in den Weg legen, werden Sie bis an Ihr Lebensende an Ihr unglückliches Dasein gekettet bleiben.

Was denn für Steine?, wollte ich wissen. Er atmete tief ein und räusperte sich. Er mag nicht, wenn man ihn unterbricht und blöde Fragen stellt. Aber ich hatte es wirklich nicht ganz verstanden.

Sie drücken sich um Veränderungen in ihrem Leben herum, hat er gesagt, indem Sie von vornherein nach Gründen suchen, warum etwas gar nicht funktionieren kann. So wird das nie funktionieren!

So einfach ist das nicht, habe ich ihm geantwortet. Wir haben schlicht nicht das Geld, damit einer von uns mal schnell einen Privaturlaub machen kann.

Na, vielleicht einfach mal auf ein neues Kleid verzichten?, sagte der doch glatt.

Ich schluckte. Ich hatte bei der letzten Sitzung ein neues Kleid angehabt, das ihm nur aufgefallen sein konnte, weil ich sonst immer das gleiche anhabe. Ich mache mir nichts aus Mode! Überhaupt nicht. Und Gerald bemerkt sowieso nicht, wenn ich was Neues trage. Aber dieses Kleid hing in unserem Discountladen um die Ecke neben der Kasse und war für sage und schreibe neununddreißig Euro zu haben gewesen. Ich musste es nehmen. Es sah aus wie ein echtes Designerkleid, ziemlich bunt, aber kostbar.

Na sehen Sie, sagte Herr Mussorkski. Das wären zwei Nächte in einem möblierten Zimmer. Denken Sie mal darüber nach, was Ihrer Meinung nach der Grund für diese bösen kleinen Steinchen sein könnte! Lauschen Sie in sich hinein! Damit erhob er sich und blinzelte mir hinter seinen Brillengläsern zu. Das ist Ihre Hausaufgabe bis zur nächsten Sitzung.

10.
Kapitel

»Was ist das denn?« Meine Mutter stand vor dem Weihnachtsbaum.

»Unser Weihnachtsbaum«, sagte ich tapfer.

»Wo habt ihr den denn her? Vom Sperrmüll? Und mit was hast du den behängt? Sind das alte Ostereier?«

Warum war meine Mutter so boshaft? Vielleicht setzte ihr die Krankheit meines Vaters zu? Ich beschloss, freundlich zu bleiben, und sagte heiter: »Das sind Weihnachtskugeln. Die hab ich gestern noch gefunden. Stell dir vor, beim Türken! Mir gefallen sie.«

Ich nahm eine rosafarbene mit goldenen Tupfen und streichelte sie zärtlich.

»Beim Türken? Die wissen doch gar nicht, was Weihnachten ist.« Damit ließ sie mich stehen und lief in die Küche. »Edgar, was machst du denn da schon wieder?«, hörte ich sie fragen.

»Ich suche die Toilette.«

»Edgar, das ist die Küche. Mach bitte den Reißverschluss zu, du bist wirklich unmöglich. Gundula?« Sie steckte den Kopf durch die Tür. »Gundula, kannst du ihn mir abnehmen? Ich möchte mich ums Gepäck kümmern. Wo schlafen wir denn?«

»In Rolfis Zimmer.«

»Ach Gott.« Beim letzten Besuch war Rolfis Zimmer so vermüllt gewesen, dass sich die Tür kaum öffnen ließ. Aber dieses Mal hatte ich vorher Ordnung geschaffen.

»Komm, Papa.«

Mein Vater stand immer noch vor dem Spülbecken und dachte nach. Er drehte sich um und sah mich an. »Gundula! Wo kommst du denn auf einmal her?« Immerhin wusste er noch meinen Namen.

»Wir feiern zusammen Weihnachten, Papa, und jetzt zeig ich dir die Toilette.«

»Prima!«

Vor der Toilette stand Rose. Sie trug einen grün-roten Rock in Schottenkaromuster und dazu einen gelben Rollkragenpullover. Ihre Füße steckten in selbst gestrickten braunen Socken und fleischfarbenen Gesundheitsschuhen. Als sie meinen Vater sah, sagte sie scheinheilig: »Ach, Vati, das ist aber eine Überraschung, dass du auch hier bist!« Dann versuchte sie ihm einen Kuss auf die Wange zu drücken. Anscheinend hatte sie immer noch Schmerzen, sie bewegte sich irgendwie spiralförmig, was bei ihrer Körperfülle etwas unbeholfen wirkte.

Mein Vater zuckte zusammen, als sie ihn berührte.

»Gundula, gib ihr das Geld, damit sie mich durchlässt.«

Rose und ich schauten uns an. »Welches Geld, Papi?«

»Fürs Klo. Was kriegen die immer? Zehn Pfennig?«

Roses Augen füllten sich mit Tränen, und ihre rote Gesichtsfarbe biss sich unglücklich mit dem Gelb des Rollkragenpullis. Ich berührte kurz ihren Arm und sagte: »Er braucht noch ein bisschen.«

Mein Vater hatte schon die Türklinke umfasst und rüttelte daran. »Wie geht das Scheißding auf?«

»Da ist besetzt. Hans-Dieter ...« Rose blickte kurz an die Decke, als würde sie dem lieben Gott ein Stoßgebet schicken. »Es geht ihm nicht gut. Das war alles zu viel für ihn heute Morgen. Er ist das Reisen nicht mehr gewohnt. Mein armer Hadi.«

Hadi, was für ein lächerlicher Kosename.

»Wovon redet die?« Mein Vater sah mich an.

»Dein Sohn Hans-Dieter hat sich den Magen verdorben und übergibt sich gerade da drin«, sagte ich nur.

»Na ja, so schlimm ist es nicht«, sagte Rose. »Er hat nur ganz, ganz schlimmen Durchfall.«

»Ich kenne keinen Hans-Peter«, sagte mein Vater.

»Mama?« Matz kam die Treppe runtergestürmt. »Mama! Ich krieg Rüssel nicht mehr unter dem Schrank raus!«

»Matz, würdest du bitte erst mal deinen Opa und Tante Rose begrüßen?«

»Tante Rose hab ich schon. Hallo Opi!« Er umarmte kurz und stürmisch meinen Vater. Der beachtete ihn aber nicht.

»Wer ist Rüssel?«, fragte Rose.

In der Toilette ging die Spüle, und mein Vater starrte wie gebannt auf die Türklinke.

»Mama! Ich glaube, er steckt fest. Ich hab ihm eine Rutsche vom Schrank runter zum Boden gebaut, aber er hat sich auf halber Strecke überschlagen und ist von der Bahn abgekommen.«

»Oh, mein Gott!«

»Ja, er hat noch ein paar Saltos geschlagen und ist auf den Boden geknallt. Dann wollte ich ihn nehmen, aber er ist unter dem Schrank verschwunden.«

Ich schüttelte den Kopf und strich Matz die Haare aus der Stirn. »Das hätte ich an seiner Stelle auch gemacht.« Matz' Lieblingsfilm war *Cars*, und er konnte einfach nicht einsehen, dass Meerschweinchen keine Autos sind.

Die Klotür ging auf, und mein Bruder erschien. Er war aschfahl und musste sich am Türrahmen festhalten. Mein Vater starrte ihn an wie den Leibhaftigen.

Mein Bruder schob sich wortlos an uns vorbei und schwankte ins Wohnzimmer. »Hadi« sackte auf die Couch und rührte sich nicht mehr.

»War das Onkel Hans-Dieter? Der sah ja scheiße aus. Hallo Opi!« Ricarda kam die Treppe herunter und gab ihrem Opa einen Kuss. Papa stand immer noch im Türrahmen zur Toilette und versuchte sich daran zu erinnern, was er eigentlich dort wollte. Das Chaos um ihn herum schien er nicht recht wahrzunehmen.

Früher hatte er als Jurist gearbeitet. Er hatte immer

sehr genau verstanden, Wichtiges von Unwichtigem zu trennen und sich auf das Wesentliche zu konzentrieren. Als Kind habe ich ihn eigentlich nie zu Gesicht bekommen. Im Nachhinein glaube ich, dass er uns Kinder nie wahrgenommen hat, weil wir ihn vom Wesentlichen ablenkten. Als er in Rente ging und ich meine Chance witterte, ihm zu zeigen, was er für eine tolle Tochter hat, war es zu spät. Da hatte sein Vergessen schon begonnen.

Jetzt atmete er tief ein, hielt die Luft an und betrat entschlossen Hans-Dieters Refugium. Seinen Geruchssinn hatte er nicht verloren.

Ricarda sagte: »Ist das eklig. Ich glaub, ich feiere woanders.«

Da klingelte es an der Haustür. »Mach mal bitte auf, das ist Oma Susanne«, sagte ich und sah Ricarda an.

»Wieso ich?«

»Wieso du nicht?«

»Warum stresst du immer so!« Sie schlurfte zur Haustür, öffnete und sah hinaus. »Hallo Oma!« Nichts passierte. Dann rief sie: »Einfach fest drehen, dann geht sie irgendwann auf!«

Ich trat neben Ricarda und sah nach draußen. Meine Schwiegermutter warf sich rhythmisch gegen das Gartentörchen.

»Sag mal, spinnst du, Ricarda? Kannst du ihr vielleicht mal helfen!«

Es hatte wieder angefangen zu regnen, und Oma Susanne tropfte das Wasser aus den Haaren. Ich rannte an Ricarda vorbei die Stufen hinab und öffnete das Törchen. »Ach, Susanne, entschuldige, diese verflixte Gartentür!« Ich nahm ihren Koffer und half ihr die Stufen hoch. Sie schüttelte ihr Haar und lachte: »Ach Schätzchen, was wäre das Leben ohne Überraschungen!« Dann rief sie ins Haus: »Hallihallo, da seid ihr ja alle! Wie schööön, euch wiederzusehen!« Sie gab Matz und Rolfi einen schmatzenden Kuss, Rose übersah sie geflissentlich, und Ricarda war schon wieder verschwunden.

Susanne drehte sich nach mir um. »Schlecht siehst du aus, Liebes! Geht's dir nicht gut? Wo ist denn mein Sohn?«

Erst jetzt fiel mir ein, dass Gerald noch nicht wieder da war. »Spazieren.«

»Bei dem Wetter? Na, er war ja schon immer ein Abenteurer«, sagte sie und lächelte in sich hinein. Meinte sie das ernst?

Dann war sie auch schon im Wohnzimmer. »Gott, ist das herrlich! Nein, ist der schön! Wie der funkelt! Ganz wunderbar. Ach, Kinder, wie ich mich freue, hier zu sein!«

Sprach sie von unserem Baum? Hans-Dieter auf der Couch konnte sie kaum meinen.

Alle sahen einander an und lächelten. Ich, weil ich mich freute, dass jemand meinen Baum schön fand, und die anderen, weil sie wussten, dass Oma Susanne einen an der Waffel hatte.

Dann war es still.

»Hier liegt jemand auf der Couch, gehört der zu uns? Hallo? Ja, das machen Sie genau richtig, schön ausruhen, bevor das große Fest losgeht.«

Sie sah mich an. »Da liegt jemand.«

»Das ist Hans-Dieter.«

»Wer?«

»Mein Bruder.« Sie glotzte mich an.

»Liebe Güte, Susanne. Mein Bruder Hans-Dieter. Den kennst du doch nun wirklich seit Jahren.«

»Natürlich kenn ich den. Was denkst du denn? Auch nicht mehr der Jüngste, was? Sich am helllichten Tag schlafen zu legen.«

»Ihm ist schlecht, er schläft sonst nie tagsüber.«

Rose trat aus ihrer Ecke hervor. »Hallo, Susanne, frohe Weihnachten.«

»Ach nein, was für eine Überraschung! Wie schön, dich wiederzusehen!« Sie gab Rose die Hand und schüttelte sie etwas zu lang. Ihr Gesicht war wie ein lebendes Fragezeichen. Wer ist diese dicke, fette, schlecht gekleidete Frau? Ich hab sie noch nie gesehen. Sie passt gar nicht zu uns, schien sie zu denken.

»Susanne, das ist Rose«, sagte ich vorsorglich. »Hans-Dieters Frau.«

Aber meine Mutter unterbrach mich: »Wo habt ihr Edgar gelassen?« Sie tauchte hinter Susanne auf und machte ein vorwurfsvolles Gesicht. »Hallo, Susanne, entschuldige, ich begrüße dich später.«

»Aber natürlich, Liebes, grüß dich! Habt ihr Edgar verloren?«

»Susanne, jetzt lass mal.« Ich drückte sie zur Seite und lief zur Toilette. Niemand da. »O je, Papi ist weg.«

Wir durchsuchten das Erdgeschoss. Nichts. Die oberen Stockwerke. Nichts.

»Vielleicht ist er im Keller?«, sagte ich.

»Gundula. Dein Vater ist doch nicht meschugge. Im Keller ist es viel zu kalt, da würde er keine zwei Minuten bleiben«, sagte Susanne.

»Man sieht, dass du dich mit Menschen, die an Demenz leiden, bestens auskennst!«, warf meine Mutter bissig ein.

»Entschuldige, ich kann auch nichts dafür, dass Geralds Vater dieses Alter nicht mehr erleben durfte und bei klarem Verstand gestorben ist.«

»Das habe ich doch gar nicht gemeint! Es tat mir sehr leid, als er starb, ich mochte ihn.«

»Das war nicht zu übersehen!«

Jetzt ging das wieder los. Unsere Mütter durfte man nicht aufeinander loslassen. »Bitte, hört auf damit. Das ist wirklich nicht der richtige Zeitpunkt, um zu streiten.« Ich machte die Kellertür auf, das Licht brannte. Langsam stieg ich die Stufen hinunter. Niemand war zu sehen. Weder die Hunde noch mein Vater. »Papi? Gulliver, Othello!«

Stille. Ein leises Rascheln hinter der Tür zum Getränkeraum. Ich holte tief Luft und drückte die Türklinke.

Vor mir, auf ein paar Weinkartons, saß mein Vater. Er hatte eine Flasche Eierlikör neben sich und schien mich im ersten Moment nicht zu erkennen. »Also, die Hunde sind abgefüttert. Die sind jetzt aus dem Gröbsten raus«, sagte er zuversichtlich. Vor ihm lag ein riesiges schwarz-weiß gepunktetes Etwas. Bei näherem Hinsehen erkannte ich Gulliver. Er hatte alle viere von sich gestreckt. Seine Augen waren geschlossen, und er rührte sich nicht.

Mein Blick fiel auf die Entenplatte. Leer. Jemand hatte die zwei Bioenten gegessen. Das durfte nicht wahr sein! Wo bekam ich jetzt Ersatz her? Ich ließ mich auf den Boden sinken und guckte Gulliver an, während mir Tränen der Verzweiflung übers Gesicht liefen. Die Enten waren weg, und Gulliver atmete nicht mehr. Sein Bauch sah aus wie ein Bierfass. »Papi, du hast Gulli umgebracht! Er hat sich totgefressen.«

Da öffnete Gulliver ein Auge und sah mich träge an. Er seufzte zufrieden und schloss das Auge wieder.

Unter seinem Kopf bewegte sich etwas. Ich hörte ein zartes Knurren wie aus einer fernen Welt. Othellos winzige Dackelschnauze lugte kurz unter Gullivers Hals hervor. Er hatte wahrscheinlich nach dem ersten Entenbein aufgegeben, sich zum Verdauungsschläfchen hingelegt, und Gulliver benutzte ihn jetzt als Kopfkissen. Mir fiel ein Stein vom Herzen.

Hinter mir hörte ich Schritte. »Gundula?« Meine Mutter erschien und schlug die Hände vors Gesicht. »Edgar! Was machst du hier unten?«

»Die Verbindung war gekappt, aber jetzt funktioniert es wieder.« Er stand etwas schwerfällig auf, immerhin hatte er die halbe Flasche Eierlikör intus, und ging langsam an uns vorbei Richtung Treppe. In seinen Augen lag ein glückliches Strahlen. Er hatte ein paar schöne Momente im Getränkeraum verbracht.

11.
Kapitel

Kaffeezeit.

Auch wenn die Enten dahin waren, konnte Weihnachten beginnen. Wir setzten uns ins Wohnzimmer. Hans-Dieter legte sich auf den Boden vor den Weihnachtsbaum und stöhnte. Im hintersten Winkel der Küchenschublade hatte ich noch eine alte Packung Kamillenblüten gefunden und ihm eine große Kanne Tee gekocht. Wahrscheinlich stammten die Blüten noch aus Rolfis Säuglingszeit, er hatte als Baby unter schrecklichen Blähungen gelitten. Aber Hans-Dieter hatte keine Kraft mehr, auf das Ablaufdatum zu gucken, und trank brav seine Tasse aus.

Wir anderen bevorzugten Kaffee, aßen Plätzchen aus der Dose und abgepackten Stollen. Der CD-Player lief, Orffs »Weihnachtsgeschichte«, das finde ich eigentlich sehr schön, aber man konnte fast nichts verstehen, weil alle durcheinanderredeten.

Mein Vater beteiligte sich nicht am Gespräch. Er saß kerzengerade auf seinem Stuhl und beobachtete das Treiben um sich herum mit reglosem Gesicht. Ich konnte nicht sagen, ob er sich wohlfühlte, und unterbrach meine Mutter, die den Kindern gerade wahnsinnig lustige Anekdoten aus ihrer Kindheit erzählte: »Papi guckt so komisch, geht es ihm gut?«

»Woher soll ich das wissen?«

Er wirkte sehr verloren, deshalb streichelte ich ihm übers Knie.

»Bitte sprich ihn nicht an, dann fängt er an nachzudenken und steht wieder auf. Ich bin froh, dass er mal sitzt, Gundula.«

»Kann ich ja nicht wissen«, antwortete ich gekränkt.

»Deswegen sag ich's dir ja.«

Mein Vater stand auf und verließ das Zimmer.

Meine Mutter sah mich an und zuckte die Achseln.

»Was ist? Warum guckst du so?«, fragte ich.

»Ich habe gewusst, dass das passieren wird. Er mag nicht, wenn man ihn stört.«

Und plötzlich war es wieder da. Mein Schuldgefühl ihr gegenüber. Dieses Schuldgefühl, für ihre Gefühlsschwankungen verantwortlich zu sein. Es war der Grund gewesen, warum ich ursprünglich Herrn Mussorkski aufgesucht hatte. Um mich damit auseinanderzusetzen, wer ich in Wirklichkeit bin. Denn wenn man bei der eigenen Mutter ständig schlechte Gefühle hervorruft, kann ja irgendwas mit einem selbst nicht stimmen.

Herr Mussorkski meinte nur, um eine solche Frau wie meine Mutter verstehen zu können, bedürfe es schon hellseherischer Fähigkeiten. Ich solle meine Atemübungen machen und die Kügelchen schlucken. Dann würden zumindest meine eigenen Stimmungsschwankungen ausbleiben.

Meine Mutter ist der Überzeugung, dass jeder erkennen muss, wie sie sich gerade fühlt. Wenn die Menschen nicht angemessen auf ihre Befindlichkeit reagieren, verfällt sie entweder in tagelanges Schweigen, oder sie erweist sich als Meisterin der Zwischentöne, der hingehauchten Vorwürfe, die sich im ersten Moment gar nicht wie solche anfühlen, sich dann aber als das entpuppen, was sie wirklich sind: ein Minenfeld. Dann gibt es kein Zurück mehr. Dann muss man sich mit ihr auseinandersetzen, bis man herausgefunden hat, was sie stört. Wichtig ist, dass man sie nicht bemitleidet, weil sie ja eine starke Frau ist, die nur durch das Zusammentreffen mit den falschen Leuten aus dem Gleichgewicht geraten ist.

Mit meiner Mutter über längere Zeit zusammen zu sein ist für mich ein extremer Balanceakt, ich fühle mich oft wie auf einem Schleppseil über dem Grand Canyon. Jeden Moment kann ich in den Abgrund des Schweigens stürzen.

Das musste an Weihnachten verhindert werden.

»Rolfi, hol deinen Großvater wieder rein, bevor was passiert«, sagte ich entschlossen.

»Was soll denn passieren?«, fragte Ricarda.

»Ricarda, ich habe mit Rolfi gesprochen, also halt dich da bitte raus.«

»Mann, Mama, sei doch nicht so hysterisch. Ich werde

doch wohl fragen dürfen, warum er nicht allein nach draußen kann!«

»Das wird mir jetzt zu blöd, dann geh ich ihn eben selbst holen.« Meine Mutter stand auf. »Ich mach das ja sonst auch immer.«

»Lass ihn doch mal, Ilse!«, rief Susanne. »Du engst ihn viel zu sehr ein.«

Meine Mutter blieb wie versteinert stehen. Schwebte sie jetzt vielleicht schon über dem Grand Canyon? Manchmal konnte Susanne jedenfalls richtig interessante Gesprächsbeiträge leisten, dachte ich boshaft und schämte mich sofort dafür.

»Wie bitte?«, fragte meine Mutter scharf.

»Weißt du, Ilse, Edgar sieht wirklich nicht besonders glücklich aus. Er spricht so wenig. Früher war er kommunikativer, und ich glaube, das liegt daran, dass du zu sehr klammerst!«

»Das kann euch ja wohl egal sein.« Meine Mutter war offenbar nicht in Form, sonst hätte sie schlagfertiger reagiert.

»Wieso euch?«, fragte ich. »Ich hab doch gar nichts gesagt!«

»Also Ilse, das stimmt doch nicht. Wir haben dich und Edgar alle sehr lieb!« Das war Rose. Sie kniete neben Hadi und machte kinetische Übungen mit ihm.

Hans-Dieter stöhnte zustimmend. Was für ein Waschlappen.

»So, Ilse. Jetzt mach ich dir einen Vorschlag. Du ruhst dich aus, und ich suche Edgar.« Susanne erhob sich ächzend und wollte an meiner Mutter vorbei zur Tür.

»Du musst mir nicht helfen, Susanne«, sagte meine Mutter entschieden und stellte sich ihr in den Weg.

»Das weiß ich.«

»Susanne, du hast doch keine Ahnung, wie du mit ihm umgehen musst. Wahrscheinlich regt er sich nur auf, wenn du hinter ihm herläufst.«

»Na hör mal! Wie redest du denn mit mir?«

»Das hat doch nichts mit dir zu tun. Ich sage nur, wie es mit ziemlicher Sicherheit sein wird.«

»Ilse, ich weiß gar nicht, warum du jetzt so aggressiv wirst. Ich habe dir meine Hilfe angeboten, die kannst du annehmen oder es lassen, aber beleidigen musst du mich nicht.« Verstimmt ging sie zu ihrem Sessel zurück. Dann sagte sie: »Ich kann nur sagen, ich weiß, wie Edgar früher war, und sehe, wie er sich verändert hat. Selbst Männer, die an Demenz leiden, bleiben Männer und wollen als solche behandelt werden. Männer brauchen Freiheiten!«

Meine Mutter drehte sich noch mal um und lachte auf: »Das musst du gerade sagen, du hast Otti doch keine zwei Sekunden aus den Augen gelassen!«

Susannes Augen funkelten gefährlich. »Stimmt, wenn du in der Nähe warst, hab ich ihn keine zwei Sekunden aus den Augen lassen dürfen.«

Meine Mutter setzte ihren betroffenen Ausdruck auf. »Ich weiß gar nicht, was ich eigentlich noch hier soll.« Ich war froh, dass ich nicht der Grund dafür war. Trotzdem fühlte ich mich schuldig, immerhin war ich die Gastgeberin.

»Ach Gott, jetzt geht die Leier wieder los. Du bist doch vollkommen verrückt, Ilse. Du verträgst nicht ein Fünkchen Kritik.«

»Aber du, ja?« Damit beendete meine Mutter das Gespräch und verschwand im ersten Stock.

»Ist noch etwas Kaffee da?« Susanne war ziemlich aufgebracht.

»Natürlich, Susanne, ich setz rasch neuen auf«, sagte ich.

»Das brauchst du nicht. Das war ja genau meine Frage.«

Matz lauschte völlig gebannt. Er hatte sich gerade einen Keks in den Mund geschoben, als der Streit zwischen seinen Großmüttern eskalierte. Seitdem saß er mit offenem Mund und großen Augen zwischen ihnen und hatte den Kopf hin und her gedreht wie bei einem guten Tennisspiel, um ja nichts zu verpassen.

»Bitte, bitte, ich brauche Ruhe!«, stöhnte Hans-Dieter von unten.

»Ja, wirklich«, sagte Rose. »Das ist doch nicht schön, am Weihnachtsabend zu streiten. Wir sollten lieber den Christbaum anzünden und ein bisschen in der Weihnachtsgeschichte lesen. Das machen Hans-Dieter und ich in Memmingen auch immer so, das bringt uns dem wahren Sinn des Weihnachtsfestes etwas näher.« Sie nahm sich noch ein Stück Stollen. Das wievielte war das jetzt?

»Was ist Memmingen?«, fragte Matz.

»Da kommen die her«, antwortete Rolfi.

Susanne fixierte die kauende Rose. »Kindchen, du weißt schon, dass du dir nach einem Stück Stollen das Weihnachtsessen sparen kannst?« Heute ließ sie nichts aus.

Aber obwohl mich diese Unterhaltung brennend interessiert hätte, wechselte ich doch rasch das Thema: »Wie machen wir das mit dem Essen heute Abend, eigentlich hatte ich ja vor, die Enten zu braten, aber die –« Weiter kam ich nicht, denn es schepperte ganz fürchterlich. Wir erstarrten und sahen einander an.

Ich sprang als Erste auf und lief in den Flur, um nachzusehen, was passiert war. Othello kam aus der Küche gerannt, prallte gegen meine Beine und blickte mit dem Schwanz wedelnd zu mir auf. Ihm hing irgendwas aus dem Maul, und als ich mich zu ihm hinunterbeugte, sah ich, dass es ein dickes Stück Frühstücksschinken war. »Othello! Wo hast du das schon wieder her, du Scheißvieh!« Othello spuckte mir den Schinken vor die Füße, klemmte den Schwanz zwischen die Hinterbeine und schlich davon, nicht ohne mir noch einen gekränkten Blick zuzuwerfen. In der Küche krachte es, und als ich um die Ecke schaute, sah ich Gulliver, der auf den Hinterbeinen stehend an der Anrichte lehnte. Die Vorderpfoten hatte er im Spülbecken abgelegt und bekam sie nicht mehr raus. Er steckte fest. »Gulliver!«

Ein Zittern durchlief seinen riesigen Körper, und Gulliver fiepte reumütig auf, als ich hinter ihn trat, ihn am Halsband packte und unsanft aus seiner Lage befreite.

»Du garstiger blöder Pfuihund! Was machst du im Spülbecken?« Er ließ sich mit hängenden Ohren auf den Küchenboden sinken und schob seine Schnauze zwischen meine Füße. Erst jetzt sah ich, dass der Boden ganz rot war. Dann erkannte ich die Überreste meiner Meißener-Porzellan-Schüssel, in der die rote Grütze für den Nachtisch gewesen war.

Hinter mir ertönte die Stimme meines Vaters. »Na, das ist ja wieder ein Lärm hier.«

Ich drehte mich um. Und da stand er mit ratlosem Gesicht neben dem geöffneten Kühlschrank und hielt ein Stück Käse in der Hand.

»Papi! Was machst du da?«

»Ich hatte Hunger. Hier gibt es ja sonst nichts.«

An der Küchentür hörte ich gedämpftes Kichern. Meine Mutter war zurück und beobachtete uns.

»Siehst du? Das meinte ich. Man kann ihn nicht aus den Augen lassen.«

»Mami, du wolltest dich doch um ihn kümmern?«

»Ja, aber ich hatte vorher noch etwas anderes zu tun. Jetzt sieht Susanne mal, was passiert, wenn man ihm seine Freiheit lässt.«

»Danke, Mami! Schau mal, wie es jetzt hier aussieht!«

»Na ja, eben.«

Eine Hitzewelle durchlief meinen Körper, und ich wischte mir mit dem Handrücken den Schweiß von der Oberlippe.

Mein Vater schien nichts von dem Chaos, das er verursacht hatte, mitzubekommen. Er sah durch mich hindurch und war mit seinen Gedanken schon wieder woanders. Gulliver wedelte schlaff mit dem Schwanz, guckte mich treuherzig an und stieß erneut ein zartes Fiepsen aus. Manchmal scheint er sich für einen sehr kleinen Hund zu halten.

Ich sah wieder zum Spülbecken und erinnerte mich daran, dass ich die Meißener Schüssel daneben abgestellt hatte. Gulliver hatte versucht, an die rote Grütze heranzukommen, war dann abgerutscht und mit den Vorderpfoten in der Spüle stecken geblieben.

Ich bückte mich nach der Kehrschaufel. »Jetzt haben wir bald gar nichts mehr zu essen.«

»Papi, Papi ist da!« Das war Matz. Er freute sich als Einziger von den Kindern, wenn einer von uns nach Hause kam.

Ich kniete auf dem Küchenboden in der roten Grütze und konnte mich nicht weiter um Gerald kümmern. Mein Vater knabberte an seinem Käsestück und sah mir zu. »Na, das ist ja eine Riesensauerei. Früher hattest du deine Küche besser im Griff!«

Ich sah zu ihm auf: »Papi, guck doch einfach mal nach draußen, Gerald ist gerade nach Hause gekommen.«

»Ach, der gute alte Gerald, das ist aber nett.« Er schmiss den Käse ins Spülbecken und ließ mich allein. Ob meine Mutter ihm aufgetragen hatte, mein Weihnachtsessen zu sabotieren? Ich musste unbedingt an meine Atemübungen denken.

12.
Kapitel

»Gundula!« Roses Stimme klang ein bisschen hysterisch. »Gundula!«

»Ja, was ist denn, Rose?« Ich kniete auf dem Schlafzimmerboden und war gerade dabei, die restlichen Geschenke einzupacken.

»Der Baum geht gar nicht an!«

»Was?«

Da stand sie schon keuchend vor mir: »Der Baum geht nicht an.«

»Mein Gott, Rose, was meinst du denn? Wieso geht welcher Baum nicht an?«

»Der Christbaum!«

»Du musst einfach den CD-Player ausstöpseln.«

Sie guckte mich an und begriff nicht. Sie sah aus wie ein zu dickes Schaf ohne Wolle. »Rose, wir haben nur eine Steckdose im Wohnzimmer, du musst den Stecker des CD-Players aus der Steckdose ziehen, um den Baum anmachen zu können.«

»Aber da ist nichts zum Reinstecken!«

Ich seufzte, legte Schere und Schleifchen auf den Boden, lief an ihr vorbei, die Treppe runter, den Flur entlang ins Wohnzimmer, stellte mich vor den Baum, suchte die Lichterkette und fand sie nicht. »Verflixt, ich hab die Lichter vergessen!«

Hans-Dieter und Gerald saßen auf der Couch und führten unbeeindruckt die Unterhaltung weiter.

»Ich hab die Lichter vergessen!«, rief ich etwas lauter.

»Welche Lichter?« Das war der erste Satz, den Gerald seit seinem Spaziergang an mich richtete.

»Die Lichterkette vom Baum!«

»Die kann man doch jetzt auch noch drüberwerfen.«

Hans-Dieter verstand noch nicht ganz: »Ach, ihr macht das mit Strom? Das ist ja nicht so gut für die Umwelt.«

»Verstehst du nicht, Gerald, wir *haben* keine Lichterkette, die letzte hat Gulliver auf dem Gewissen.«

»Warum hast du denn keine neue gekauft, wenn du das wusstest?«

»Weil ich es vergessen habe!« Hatte ich geschrien? Mir reichte es jetzt! Ich rannte aus dem Wohnzimmer und stieß im Türrahmen mit Rose zusammen.

»Ach, Gundula, und wegen der Mitternachtsmesse, wenn ihr uns nicht fahren könnt, wie –«

Rose war die Meisterin des guten Timings. Ich ignorierte sie. Da trat Susanne aus der Küche, sie trug eine Schürze und sah aus wie Klementine aus der Waschmittelwerbung.

»Aber Gundula-Schätzchen, was ist denn los, reg dich doch nicht so auf!« Sie hatte die grandiose Idee gehabt, Kanapees zu machen. Für den kleinen Hunger vor der Bescherung. Da zu wenig Belag für alle da war, hatte sie kurzerhand Othellos Schinken abgewaschen, den Käse aus dem Spülbecken gefischt und alles verarbeitet.

»Susanne, das ist nicht dein Ernst, das können wir doch nicht mehr essen«, sagte ich.

»Ach, papperlapapp, die Kriegsgeneration hätte die Hunde früher gleich mitgegessen. Ihr habt doch gar keine Ahnung, was wir durchgemacht haben. Weißt du, du hast dich, wenn ich das sagen darf, ein bisschen verkalkuliert mit deinen Einkäufen, da müssen wir improvisieren. So. Tataa! Na, das sieht doch ganz herrlich aus!« Sie nahm das Tablett und balancierte die Kanapees an Rose und mir vorbei ins Wohnzimmer. Rose schnappte sich eines mit Schinken und schlang es mit einem Mal hinunter. Ich würde lieber verhungern, als von diesen Happen zu essen.

Auf dem Weg nach oben hielt mich Rose auf. »Gundula!«, sagte sie, immer noch kauend, im Gesicht die pure Verzweiflung. »Was machen wir denn jetzt ohne die Lichter? Das ist doch nicht schön so?«

»Ich frag mal Rolfi, vielleicht kann man das Teil irgendwie anstrahlen.«

»Was für ein Teil? Wie anstrahlen?«

»Rose, stell dich doch nicht so blöd an! Den Baum anstrahlen, mit einem Scheinwerfer oder so, Taschenlampe, was weiß ich …«

»Das meinst du nicht im Ernst.« Als würde von dem erleuchteten Weihnachtsbaum unser Leben abhängen!

»Rose, was soll ich denn machen? Ich habe keine Kerzen!« Dann tätschelte ich ihr den Oberarm. Es schwabbelte. Ohne zu überlegen, sagte ich: »Wie geht es dir eigentlich gesundheitlich, Rose? Hast du dich mal untersuchen lassen?«

Sie machte große Augen. »Wieso?«

»Na, weil du ja in letzter Zeit, also seit wir uns das letzte Mal gesehen haben, da hast du ja schon ganz schön, im Vergleich zu früher …« Ich konnte sie ja schlecht fragen, warum sie so unermesslich fett geworden war. Strategiewechsel! »Na, also, ist auch egal, du siehst richtig toll aus, hast auch endlich mal ein bisschen was auf den Hüften, das scheint dir gutzutun.«

»Ja«, strahlte sie. »Der Arzt sagt zwar, ich hätte leichtes Übergewicht, und wegen dem Zucker und Bluthochdruck und der Herzklappeninsufizienz sei das nicht so optimal. Aber ich war schon immer ein guter Esser, und der Hadi sagt auch immer, was der Herrgott einem schenkt, soll man nicht ablehnen. Uns geht's gut! Aber, ganz ehrlich, Gundula, nimm's nicht persönlich, du siehst so schlecht aus. Ich wollte dich ja vorhin schon fragen, aber hab mich nicht getraut, du bist so klapperdürr geworden und richtig faltig.« Sie lachte zutraulich. »Aber du machst das ganz toll, und dafür, dass du bald fünfzig wirst, siehst du noch richtig gut aus. Da gibt's ja ganz andere. Und das Wichtigste ist auch gar nicht, wie man aussieht, das Wichtigste ist ein gutes Herz, und das sieht man eh nicht von außen.« Sie strich mir scheu über den Handrücken.

»Ja, Rose, das find ich auch.« Ich zwang mir ein Lächeln ab und marschierte an ihr vorbei.

Du blöde fette hässliche schleimige Kröte, du hässliches Furzgewächs, du schwachsinnige Schwabbelkuh, du Schafsgesicht …

»Gundula, was machst du denn für ein Gesicht?« Meine Mutter kam mir auf der Treppe entgegen. Sie hatte Vater im Schlepptau und hielt etwas in der Hand.

»Nichts, Mami, der Weihnachtsbaum hat keine Lichter, das Weihnachtsessen haben die Hunde gefressen, und ich hab nicht mehr genug Geschenkpapier.«

»Das ist alles nichts gegen das, was ich in Rolfis Zimmer gefunden habe … Das!« Sie hielt mir eine zerknüllte Zigarettenpackung hin. »Und das!« Mit spitzen Fingern zeigte sie mir ein Aluminiumpäckchen.

»Was soll das sein?«, fragte ich ahnungslos.

»Heroin.«

»Was?«

Ich riss ihr das Päckchen aus der Hand und öffnete es. Darin lag ein Häufchen Gras. »Mama, das ist Gras, musst du mich so erschrecken?«

»Das macht dir nichts aus? Dass das im Zimmer deines Sohnes rumfliegt? Weißt du, wie viele Drogentote es im Jahr allein in Deutschland gibt?«

»Doch, Mami, aber das ist kein Heroin, das ist Gras, ich werde mit Rolfi darüber reden.«

»So fängt es an, Gundula. Dann kommt der Absturz. Die harten Drogen.«

Ich schluckte. Vor mir sah ich eine riesige Spritze auf

zwei Beinen, die an unserer Haustür klingelte. »Mama, das ist doch Unsinn, woher willst du das denn wissen?«, sagte ich entschieden.

»Das weiß man doch. Und Rolfi scheint das auch zu wissen, sonst hätte er diese Drogen nicht versteckt!«

»Du hast in seinem Zimmer herumgeschnüffelt?«

»Nein, ich habe endlich mal dort aufgeräumt, und da fielen sie mir in die Hände.« Damit packte sie meinen Vater am Ärmel und schob sich an mir vorbei.

»Wo gehen wir denn hin, Ilse? Ich wollte ein bisschen ruhen.«

»Ruhen kannst du heute Nacht, Edgar, jetzt machen wir einen Spaziergang, damit du müde wirst.«

»Ich bin müde.«

»Nicht müde genug!«

Ich schleppte mich die restlichen Stufen hoch und öffnete die Tür zu Ricardas Zimmer.

13.
Kapitel

Ricarda saß auf ihrem Bett und telefonierte. Sie unterbrach ihr Gespräch kurz, sah mich an und sagte: »Man klopft an, wenn man ein fremdes Zimmer betritt. Wann gibt's Essen?«

»Ich denke, du isst nichts«, antwortete ich. Wieso ließ ich mich immer wieder auf ihre Ebene hinab?

»Wahnsinnig lustig.« Sie sah mich an und schien auf etwas zu warten. »Hast du vor, länger hierzubleiben? Oder was wird das?«

»Pass mal auf, Ricarda, reiß dich ein bisschen zusammen, ja?«

»Jetzt geht das wieder los.« Sie wälzte sich vom Bett. »Außerdem ist das mein Zimmer!«

»Ja, Ricarda, meine Güte, ich will ja gar nicht zu dir. Ich suche deinen Bruder. Ist der hier irgendwo?« Ich blickte um mich, sah aber nur Unordnung.

»Siehst du doch …«

Bevor sie nach draußen verschwand und die Tür hinter sich zuknallte, hörte ich sie ins Telefon sagen: »Ey, meine Mutter nervt vielleicht wieder …«

Ich starrte auf die Tür und hatte plötzlich die Vision meiner eigenen Beerdigung vor Augen: Die ganze Familie ist auf einem Friedhof versammelt (außer mir, ich bin ja tot und liege in einem schlichten Holzsarg). Die Sonne scheint, die Vögel zwitschern, jemand hat einen Grill aufgestellt, Würstchen brutzeln über der Glut. Alle sind bunt gekleidet und tanzen lachend zu fröhlicher Musik. Mein Sarg steht einsam neben dem ausgehobenen Grab, dahinter steckt ein Holzkreuz in der Erde. Jemand hat ein Foto mit meinem Gesicht daraufgepinnt. Plötzlich ruft Ricarda: Hey, wir haben Mami ja völlig vergessen! Ich freue mich ein bisschen in meinem Sarg, dass sie an mich denkt. Alle scharen sich um meine Kiste. Da verteilt Gerald kleine Dartpfeile, und alle beginnen auf das Foto von mir zu werfen. Bei jedem Treffer springen sie in die Luft und jubeln.

»O Gott«, entfuhr es mir. Mir war richtig übel. Ich versuchte diese grässlichen Bilder zu verdrängen. Dann guckte ich mich wieder in Ricardas Zimmer um. Endlich erblickte ich Rolfi in dem Durcheinander beziehungsweise seinen braunen Haarschopf, der aus einem der Schlafsäcke am Boden lugte. »Rolfi?« Keine Reaktion. »Rolfi!« Ich beugte mich zu ihm hinab und zog an dem Sack. Rolfis Kopf kam zum Vorschein, er trug Kopfhörer.

»Rolfi, kannst du mich hören?« Ich zog an den Kabeln, und die Stöpsel ploppten aus den Ohren. Er schrak zusammen, riss die Augen auf und starrte mich an, als erblickte er die Heilige Muttergottes. »Mann!

Mama! Spinnst du? Du hast mich vielleicht erschreckt! Schleichst dich hier an und reißt mir die Kopfhörer aus den Ohren. Das kann man auch ein bisschen vorsichtiger machen. Mann, echt ...«

Ich sammelte mich, richtete mich auf und setzte mein autoritäres Gesicht auf. »Rolfi, ich muss mit dir reden.«

Große Augen, große Stille.

»Ja, setz dich mal bitte hin.« Er gehorchte sogar.

Im Gegensatz zu Ricarda schrumpft Rolfi immer in sich zusammen, wenn ich mein Gesicht mache. Er sah mich unsicher an.

»Ja?«

»Rolfi, kann es sein, dass du in deinem Zimmer etwas versteckt hast, das keiner finden soll?«

Er sah mich an.

»Na ja, hast du da was versteckt vor uns?«

»Weiß ich nicht. Was glaubst du denn, was ihr nicht finden sollt?«

»Das frag ich dich ja gerade.« Dann versuchte ich es anders. »Wie ist das so mit deinen Freunden?«

Schweigen.

»Pass auf, Rolfi, machen wir's kurz, ich hab auch nicht endlos Zeit.«

Rolfi guckte auf den Boden.

»Oma Ilse hat Zigaretten und ein Haschischpäckchen in deinem Zimmer gefunden, und ich würde ganz gern wissen, von wem du das hast.«

Wieder Schweigen. Ich musste an Guantánamo denken. Aber so weit waren wir noch nicht.

Rolfi begann, an seinen Fingernägeln zu knabbern.

»Rolfi, lass bitte diese Übersprunghandlungen und antworte einfach.«

Er guckte mich an. »Was soll ich lassen?«

»Du knabberst an deinen Nägeln rum, lass das bitte.«

Immer noch Schweigen.

»Woher hast du das Zeug? Hast du schon mal Bilder von Drogentoten gesehen? Oder von jemandem, der Lungenkrebs hat? Raucherbeine? Wenn sie den Rauchern die Beine abschneiden müssen? Das solltest du dir mal ansehen, damit du weißt, was du dir damit antust. Wie leichtfertig du mit deinem Leben umgehst …«

»Ja, Mami, ich hab's verstanden.«

»Von wem hast du das Zeug?«

»Weiß ich nicht mehr!«

»Herrgott noch mal, ich hab jetzt auch wirklich keine Zeit mehr. Dass man in dieser Familie zu niemandem durchdringt, das ist wirklich deprimierend. Aber wir sind noch nicht miteinander fertig, mein Sohn!«

Ich ließ ihn sitzen und ging zurück ins Schlafzimmer, um mich wieder meinen Geschenken zu widmen. Von unten ertönten die neuesten Songs aus der Schlagerhitparade. Hans-Dieter war der Einzige, der sich diesen Wahnsinn freiwillig antat.

Ich nahm den Pullover, den sich Rolfi zu Weihnachten gewünscht hatte, und versuchte, ihn in ein etwa handtellergroßes Stück Geschenkpapier zu wickeln. Blieben noch vier Geschenke. Mir war das Papier ausgegangen. Ich lief nach unten, schnappte Geralds alte Zeitung und wickelte die restlichen Geschenke kurzerhand damit ein. Mit ein paar Schleifchen versehen, wirkte das richtig originell. Vielleicht sollte ich öfter meine Geschenke in Zeitungspapier packen, man hatte keinen Stress und viel Geld gespart.

Ich ging ins Bad und wusch mir die Druckerschwärze von den Fingern. Dabei blieb mein Blick im Spiegel hängen. Ich sah wirklich furchterregend aus. Rose hatte recht gehabt. Krähenfüße, Falten, die sich links und rechts von den Nasenflügeln bis zu den Mundwinkeln zogen, die griesgrämig und schlaff nach unten hingen, der Hals wie der einer gerupften Pute und der Haaransatz graugrün, weil ich meine ehemals blonden Haare mit ein bisschen Henna aufgepeppt hatte.

Ich sah schrecklich aus. Ich griff in mein Schminkköfferchen und versuchte seit gefühlten zehn Jahren zum ersten Mal, mein Gesicht ein bisschen zu restaurieren. Das Make-up war zu dunkel und bröckelte, der Mascara war so alt, dass er kaum noch auf den Wimpern haften blieb, aber der Lippenstift war richtig toll. Leuchtendes Rosé mit ein bisschen Glimmer drin. Mir fiel auf, dass die Farbe ganz phantastisch zu unserem Weihnachtsschmuck passte. Ich bürstete mir die Haare, trug auf den grauen Ansatz zum Abdecken auch noch etwas Make-up auf und betrachtete mich kritisch im Spiegel. Besser! Der Kopf passte zwar nicht ganz zum Rest, weil sich meine Gesichtsfarbe deutlich von der des Halses unterschied, aber Skifahrer sehen ja auch immer so aus.

Ich sprühte mich noch mit meinem Körperwasser aus dem Bioshop ein und lächelte. Es roch ein bisschen streng, aber weil es Bio war, war es sicher auch gut. Jedenfalls für die Umwelt. Außerdem trug es den verheißungsvollen Namen »Dance with me«. Deswegen hatte ich es gekauft. Ich fand den Namen so romantisch.

Ich schloss die Augen und sah mich in einem langen schwarzen Abendkleid, über den Schultern eine kleine Stola aus weißem Hermelin, diese hohen Schuhe mit der roten Sohle, die ganz und gar unbezahlbar sind, mein Gesicht strahlend und glatt, perfekt geschminkt, das rötliche Haar zu einem dicken Zopf geflochten. Ich stehe in einem riesigen Tanzsaal, um mich herum Hunderte schwatzender Paare. Dann erklingt Musik, alle Männer lassen ihre Frauen stehen und laufen auf mich zu. Sie schubsen sich gegenseitig, fallen übereinander, raffen sich wieder auf und rennen weiter, denn jeder möchte als Erster bei mir sein und mich zum Tanz auffordern. Und dann spüre ich eine Hand auf meiner Schulter, drehe mich um und sehe auf eine muskulöse Brust unter einem engen weißen Hemd. Ich blicke hoch und schaue in das Gesicht eines Mannes, der aussieht wie Robert Redford in seinen besten Jahren. Ich schlucke und blicke zu Boden. Da nimmt er meine Hand und sagt mit tiefer, melodiöser Stimme: You are so beautiful, young lady, dance with me. I love you.

»Gundula!«

Ich schrak hoch. Jemand rief mich, die Stimme kannte ich, aber sie war definitiv nicht melodiös.

»Gundula! Der Pizzaservice ist da, wohin mit dem ganzen Zeug?«

Gerald.

Ich guckte ein letztes Mal in den Spiegel und der Wahrheit ins Gesicht.

Ich war definitiv nicht die Frau meiner Träume. Offen gestanden: Ich sah absolut scheiße aus.

»Ja! Ich komme!« Damit verließ ich das Badezimmer, raffte meine Geschenke zusammen und rannte nach unten.

14.
Kapitel

Man konnte den Pizzaboten nicht erkennen, weil sein Oberkörper von den zehn Pizzakartons, die er auf den Armen trug, verdeckt wurde. Keiner hatte ihn hereingebeten oder ihm seine Last abgenommen. Gerald hatte ihm wahrscheinlich die Tür geöffnet und ihn dann einfach stehen lassen. Das war wieder typisch! Während Othello quiekend an den Hosenbeinen des Mannes zerrte, schlabberte Gulli an dem untersten Karton herum, der schon ganz durchgeweicht war.

Gerald, Rose, Susanne und Hans-Dieter saßen auf der Couch. Bis auf meinen Bruder hatten alle hochrote Köpfe und schrien sich fröhlich über die Hitparade hinweg an. Vor ihnen stand eine leere Flasche Sekt.

Der Pizzamann stöhnte: »Kann mir vielleicht mal jemand helfen?« Danach machte er todesmutig einen Schritt in Richtung Küche und stürzte mir in hohem Bogen entgegen. Othello hatte ihn stolpern lassen. Die Pizzakartons wirbelten durch die Luft und klatschten auf den Boden. Die Hunde schnappten sich blitzschnell eine Pizza und rannten um ihr Leben.

»Gerald!« Während ich dem Boten wieder auf die Beine half, kamen meine Eltern durch die Haustür. »Um Gottes willen, was ist denn hier los?«

»Einbrecher«, sagte mein Vater trocken.

Ich bezahlte, wünschte frohe Weihnachten und ließ den Boten aus dem Haus.

Dann versammelten sich die Hungrigen im Wohnzimmer und aßen kalte Pizzaecken. Gerald, Susanne, Rolfi und Matz waren vor Begeisterung kaum zu bremsen. Susanne sagte immer wieder: »Esst, Kinder, so billig kommen wir nie mehr zusammen.« Und dann lachte sie sich halb tot. Sie war schon ziemlich hinüber. Ihre Dauerwelle hatte sich selbstständig gemacht, und die rosafarbenen Löckchen standen in alle Himmelsrichtungen. Sie sah aus wie ein altes Schaf, das jemand an die Steckdose angeschlossen hat. Warum nur ähnelten alle Frauen der Familie Schafen? »Hach, Jungs, ist das koomisch! Eure alte Mutter muss jetzt mal ein Päuschen einlegen, sonst passiert etwas Schreckliches!«

Sie warf sich zurück, krallte ihre Hände in die Sofalehne und schloss die Augen. »Gott, ist mir übel!«

Ich überlegte, ob ich den Teppich rund ums Sofa etwas beiseiterollen sollte.

Da sagte mein Vater: »Da hilft nur eins, gnädige Frau, immer weitermachen …«

Er betrachtete sie fasziniert und hielt ihr sein halb volles Glas hin. »Edgar, du Schlawiner, du gibst wohl nie auf, was?«

Meine Mutter hüstelte. »Ja, in seinem Alter kann ihn nichts mehr schrecken.«

»Sei doch nicht so ekelhaft, Ilse. Werd mal ein bisschen locker!«

Susanne setzte sich auf und griff lächelnd nach Edgars Glas. »Danke schön! Was für ein Service! Da kann ich natürlich nicht Nein sagen.« Sie lächelte zuckersüß.

»Immer zu Ihren Diensten, schöne Frau«, sagte mein Vater und schaute ihr verzückt in den Ausschnitt.

Natürlich hatte sich Geralds Mutter für den Abend besonders herausgeputzt.

Sie trug ein lavendelfarbenes Flatterkleid mit Flügelärmeln. Der Ausschnitt reichte fast bis zum Bauchnabel, und die runzlige Haut ihres Dekolletés quoll aus dem spitzenbesetzten knallroten BH. Sie hatte großes Interesse daran, auch im Alter noch sexy und ungezügelt zu wirken. Und wenn ich ganz ehrlich bin, glaube ich, dass sie nach wie vor mit mir um Gerald konkurrieren wollte.

Meine Mutter gab sich größte Mühe, die Contenance zu wahren, schnitt meinem Vater die Pizza in mundgerechte Stückchen und rümpfte nur ab und zu wortlos die Nase über Susannes Kommentare.

Wenn sie sich zusammenreißen möchte, kriegt sie das eigentlich immer hin. Das Problem ist, dass sie sich nur in den seltensten Fällen zusammenreißen will.

Mein Vater schob sich ein Stück Pizza in den Mund und kaute vorsichtig. »Was ist das?«

»Pizza, Edgar. Es ist nicht das erste Mal, dass du Pizza isst.«

»Warum bist du denn so aggressiv? Ich werde ja wohl noch fragen dürfen, was ich hier esse.«

»Ich bin nicht aggressiv. Ich sage dir nur, dass du in deinem Leben schon die eine oder andere Pizza gegessen hast.«

»Gib ihm doch was anderes, wenn er keine Pizza will«, schaltete sich Susanne mit vollem Mund ein und lächelte meinen Vater liebevoll an.

»Susanne, ich habe nicht das Gefühl, dass Edgar die Pizza nicht mag, er hat sich nur nach dem Namen erkundigt.« Die Stimme meiner Mutter ging etwas höher. Schlechtes Zeichen.

»Matz, guck doch mal, wo Ricarda bleibt, immerhin ist das unser Weihnachtsessen, und gleich wollen wir mit der Bescherung anfangen.«

Ich sah auf die Uhr. Erst halb sieben.

Der Abend zog sich hin.

»Ricarda ist in ihrem Zimmer«, sagte Matz.

»Deshalb sollst du sie ja holen.«

»Sie hat gesagt, dass sie jeden, der an ihre Tür klopft, in Stücke reißt.«

»Wer sagt das?«, fragte mein Vater.

»Deine Enkelin Ricarda, das Mädchen von heute Nachmittag mit dem Bürstenschnitt und den zerfetzten Kleidern«, sagte Susanne und konnte sich einen kleinen triumphierenden Seitenblick auf mich nicht verkneifen. »Gerald, ich weiß gar nicht, warum Ricarda so kompliziert ist. Von dir hat sie das nicht! Gott, was warst du süß. Immer ein Lächeln im Gesicht, immer fröhlich und hilfsbereit!«

Gerald wand sich ein wenig und grinste unsicher. »Mami, lass doch, so toll war ich nun auch nicht ...«

»Du? Du warst das Beste, was mir passieren konnte!« Sie beugte sich über den Tisch, um Gerald einen Kuss aufzudrücken, verlor kurz das Gleichgewicht und musste sich mit einer Hand auf dem Tisch abstützen, um nicht bäuchlings auf der Pizzaschachtel zu landen.

Sie war wirklich ganz schön voll. Mal sehen, wo das noch hinführte.

»Hoppalla.«

Ich stand auf, um ihr einen Lappen zu holen. »Soll ich dir vielleicht für zwischendurch ein Wasser mitbringen?« Ich wollte es wenigstens versucht haben.

»Nein, nein, Liebes, mach dir keine Mühe. Es gibt ja genug zu trinken.« Sie kicherte gefährlich.

Ich lief in die Küche und hörte sie noch in meinem Rücken sagen: »Sie sieht schlecht aus, die arme Gundula. Sie hat ein ganz gelbes Gesicht.«

»Das hab ich ihr auch schon gesagt. Sie sieht gar nicht gut aus.« Rose. »Und in ihrem Alter kriegt man auch schnell mal einen Schlaganfall oder was mit dem Herzen, sie ist ja schon bald fünfzig.« Sie hatte wieder den Mund voll und war schlecht zu verstehen.

»Sag mal, Rose, hat dir eigentlich schon mal jemand gesagt, dass man erst den Mund leer isst und dann spricht?«, hörte ich meine Mutter sagen. Vielen Dank, Mami.

»Wieso sagst du das?«, fragte mein Bruder.

»Weil Rose über den ganzen Tisch spuckt, wenn sie redet.«

Es folgte eine längere Pause. Also nahm ich in der Küche das Tuch und sah mit einem Auge, dass auf dem Herd irgendetwas vor sich hin köchelte. Eine klebrige weiße Masse. Ich hatte keine Ahnung, was das war.

»Was kocht da auf dem Herd?«, rief ich und lief ins Wohnzimmer zurück. Die ausgelassene Stimmung von vorher war eisigem Schweigen gewichen.

Mein Bruder hatte sich neben seine Frau gesetzt und wiegte sie hin und her wie ein Baby. Rose weinte.

»Haferbrei«, sagte Hans-Dieter. »Das war wirklich ein dummer Kommentar, Mutti. Du schaffst es immer wieder, Menschen bis ins Mark zu treffen!«

Matz fragte: »Tante Rose, warum weinst du denn?«

»Tante Rose weint, weil Oma Ilse sehr, sehr böse zu ihr war«, sagte Hans-Dieter grimmig.

»Also, was soll denn dieser Blödsinn, erzähl dem Jungen doch nicht so einen Quatsch!«

»Das ist kein Quatsch, das machst du immer so. Du möchtest nicht, dass andere Menschen glücklich sind. Du kannst keine gute Stimmung ertragen.«

Stille.

»Hier, Susanne, für deine Hände.« Ich reichte meiner Schwiegermutter den Lappen. Dann setzte ich mich neben meine Mutter.

»Ich weiß wirklich nicht, was ich dir getan habe, Hans-Dieter.« Meine Mutter lächelte verkniffen. »Wenn ich nur hier bin, um mich beleidigen zu lassen, kann ich ja wieder gehen.«

»Niemand will dich beleidigen. Hans-Dieter ist wahrscheinlich hungrig und deswegen ein bisschen ruppig«, sagte ich.

»Ja, iss doch was, Hans-Dieter. Es ist noch genügend da!« Susanne machte eine ausladende Bewegung in Richtung Pizzakartons.

»Ich vertrage Pizza nicht. Ich habe eine Weißmehlallergie. Und Laktoseintoleranz. Das solltest du dir mal merken, Susanne.«

»Wozu das denn? Du bist alt genug, um auf dich selbst aufzupassen. Aber dann verbreite keine schlechte Stimmung, wenn du nichts essen willst.« Und für einen Moment hatte ich das ungute Gefühl, dass sie gern »Du Waschlappen!« hinzugefügt hätte. Zum Glück tat sie es nicht, denn das Fest der Liebe hatte ja gerade erst begonnen.

15.
Kapitel

Ich klopfte an Ricardas Zimmer. Nichts geschah. Ich klopfte erneut. Nichts. Leise öffnete ich die Tür. Ricarda lag reglos auf ihrem Bett und schien zu schlafen, aber als ich näher trat, hörte ich sie sagen: »Mami, ich will allein sein. Lass mich bitte in Ruhe.«

Ich ging leise zu ihr und legte ihr meine Hand auf den Rücken. »Was ist denn passiert?«

Sie schluchzte auf. Ich streichelte sie an der Schulter. »Komm, sag schon. Vielleicht kann ich dir helfen?«

»Nein!«

Ich setzte mich neben sie.

»Ich hasse Weihnachten. Ich hasse diese ganze Hysterie!«

»Aber Ricarda, das ist doch nicht schlimm. Ich mag Weihnachten auch nicht. Die wenigsten Menschen mögen Weihnachten. Schon diese Schenkerei, das macht mich jedes Mal wahnsinnig, diese Sucherei in den Kaufhäusern zwischen all den Bekloppten. Und dann ist der Vierundzwanzigste! Man möchte eigentlich nur ein bisschen ausruhen, und dann kommt diese ganze durchgeknallte Familie zu Besuch und …«

»Mama!«

»Was?«

»Du kannst doch nicht bekloppte Familie sagen. Außerdem geht es nicht um dich. Es geht um mich.«

»Natürlich, Ricarda, entschuldige.« Nach einer Pause fuhr ich fort: »Das ist schlimm mit mir, oder?«

»Was?«

»Na, dass ich nie zuhöre.«

»Ja.«

Ich sagte: »Ich weiß auch nicht, wie das immer kommt. Ich glaube, es liegt daran, dass ich mich immer so freue, wenn jemand mit mir spricht, und dann kann ich mich gar nicht mehr bremsen.«

»Ja, Mama. Das weiß ich.«

»Kommst du denn jetzt ein bisschen runter zu uns?«

Ricarda hob langsam den Kopf und sah mich an. Ihr kurzes dunkles Haar war zerzaust, und sie sah plötzlich aus wie ein Junge. Jedes Mal schmolz ich dahin, wenn ich in ihre großen wasserblauen Augen guckte. Von wem sie die wohl hatte? Meine waren grün. Geralds braun. Ich hatte tatsächlich noch nie wirklich darüber nachgedacht, warum Ricardas Augen blau waren. Mir wurde heiß, und ich sah mich im Wochenbett in der Klinik liegen, gleich würde die Schwester mir mein Baby zum Stillen ins Zimmer bringen. Ich wartete und wartete. Es dauerte ewig. Und natürlich sah ich nicht, welche Szene sich im Neugeborenenzimmer abspielte:

Die Schwester stand vor zwei Babybettchen und blickte ratlos von einem zum anderen. Sie konnte die Armbändchen mit den Namen nicht finden. Jemand musste sie den Säuglingen abgenommen haben. Irgendwann guckte sie auf die Uhr, schüttelte den Kopf, spitzte einen Zeigefinger und sagte »Ene mene muh«. Ein Baby schrie erbärmlich. Es hatte blondes langes Haar und grüne Augen, und es schrie um sein Leben. Sie nahm einfach das dunkelhaarige mit den blauen Augen und brachte es zu mir.

»Ist dir schlecht?« Das war Ricardas Stimme.

Ich sah meine Tochter an. »Ja.«

Ricarda schaute mich besorgt an. Ich umarmte sie und hielt sie ganz fest. Sie versuchte, sich aus der Umklammerung zu befreien. »Mann, Mama! Was ist denn jetzt wieder? Lass mich los, was hast du denn?«

»Ich hab mir gerade was Schreckliches vorgestellt!«

»Was denn?«

»Ein Albtraum. Ganz furchtbar.«

»Mama, manchmal glaube ich, du hast sie nicht alle«, flüsterte Ricarda.

»Manchmal glaube ich das selbst auch. Aber ich habe keine Vergleichsmöglichkeiten, weil alle hier in der Familie einen Knall haben.«

Ricarda musste lachen. Dann sagte sie: »Mami, jetzt mal im Ernst. Ich hab ein Problem.« Sie sah mir in die Augen. »Es ist ... ich weiß gar nicht, wie ich das sagen soll ... Ich glaube, mit mir stimmt was nicht ... Ich bin immer so schlecht gelaunt. Ich bin nie fröhlich. Ich bin immer, immer traurig. Und ich sehe so scheiße aus und habe auch keinen Freund.« Eine Träne kullerte über ihre Wange.

»Ach, Herzchen, aber das ist doch ganz klar! Du bist in der Pubertät.«

»Mama, das weiß ich selbst!«

»Ehrlich! Sei froh, dass es dir nicht schlimmer geht. Ich habe gelesen, dass pubertierende Kinder sogar psychotische Schübe bekommen können. Die sind dann gar nicht mehr sie selbst. Die drehen vollkommen durch und machen die furchtbarsten Sachen. Und nach so einem Anfall können sie sich an gar nichts mehr erinnern.«

Ricarda sah mich an. Sie hielt die Lippen fest aufeinandergepresst. Dann sagte sie: »Du hältst mich also für eine Psychotikerin?«

»Dich doch nicht. Du bist ganz normal pubertierend. Da kann man nur abwarten und drüber reden.« Ich strahlte sie an.

»Ja, Mama. Aber nur du redest die ganze Zeit.«

»Wirklich?« Ich schluckte.

»Ja! Und mir geht es gerade wirklich dreckig. Ich hab kein einziges Weihnachtsgeschenk für dich. Ich will nicht Weihnachten feiern und nichts für dich haben, und jetzt kann ich nicht zu euch runter, weil ich so nicht mitfeiern kann.« Sie fing an zu heulen.

Ich dachte einen Moment nach. »Weißt du was? Ich gebe dir ein paar von meinen Geschenken ab.«

Ricarda blickte hoch. »Das würdest du für mich tun?« Sie lächelte schwach. »Mami, danke! Du kriegst alles wieder, bestimmt.« Sie umarmte mich und gab mir sogar einen Kuss.

Natürlich war mir klar, dass sie in kürzester Zeit alles vergessen haben würde, sie war in der Pubertät. Aber heute war Weihnachten, das Fest der Liebe, das konnte ich mir gar nicht oft genug sagen.

Als wir zusammen ins Wohnzimmer traten, gab es ein großes Hallo.

»Wer ist der junge Mann?«, fragte mein Vater.

»Edgar, jetzt halt einfach mal die Klappe«, schnappte meine Mutter, »du bist heute unmöglich.«

»Ilse, wie redest du denn mit mir? Und dann auch noch vor all den Leuten.«

»Diese Leute sind deine Familie, das solltest du jetzt auch langsam mal begreifen.«

»Das weiß ich, dass das meine Familie ist. Ich bin ja nicht blind. Ich habe nur gefragt, wer der junge Mann da ist.«

Meine Mutter zischte: »Das ist deine Enkelin, das ist ja furchtbar mit dir.«

»Gut, dann beenden wir die Sitzung.« Er stand auf.

»Wo gehst du hin?«

»Nach Hause.«

Der Rest der Familie beobachtete die beiden und schwieg betreten. Nur Rose blätterte in einer Bibel, die sie mitgebracht haben musste (wir haben nämlich keine Bibel, wir haben eigentlich überhaupt keine Bücher, wir haben keine Zeit zum Lesen), und summte gedankenverloren vor sich hin.

Ricarda guckte auf den Boden. Aber als mein Vater an ihr vorbeilief, um nach Hause zu gehen, stupste sie ihn zart an: »Opi?«

Er guckte sie an, und plötzlich veränderte sich sein Gesichtsausdruck. »Ja, Riekchen?«

Mir traten Tränen der Rührung in die Augen. Das hatte er immer gesagt, als sie noch ein kleines Mädchen gewesen war. »Ich weiß, dass du das nicht böse meinst. Ich hab dich sehr lieb.« Mit diesen Worten nahm sie ihren Großvater fest in den Arm, auch er hielt sie fest umschlungen.

Ricarda weinte.

Ich ging langsam in den Flur, pfiff nach den Hunden und zog meinen Mantel an.

Ich brauchte dringend frische Luft.

16.
Kapitel

Es war schon dunkel. Es nieselte, und die Kälte kroch durch meinen Mantel und legte sich klamm um meinen Körper. Kein Weihnachtswetter, befand ich und schlug den Kragen hoch. Die ganze Zeit über sah ich das Bild von meinem Vater und Ricarda in ihrer Umarmung vor mir. Das hatte mir einen fürchterlichen Stich versetzt.

Immer versuchte ich, die Krankheit meines Vaters zu verdrängen, aber das war nicht der richtige Weg. Ich musste die Realität akzeptieren, so schmerzhaft sie auch sein mochte. Früher oder später würde mein Vater sich gar nicht mehr zurechtfinden. Er zog sich in seine eigene Welt zurück. Er verließ uns, und wir konnten ihn nicht halten.

Ich blieb stehen und guckte in den Himmel. Pechschwarze Nacht. Nicht mal Sternschnuppen gab es in dieser Jahreszeit. Ich musste weinen, ohne recht zu wissen, warum. Meine Tränen mischten sich mit dem Regen, der mir übers Gesicht lief.

Ganz zu Beginn seiner Alzheimererkrankung war

mein Vater oft ohne erkennbaren Grund übellaunig und ungeduldig gewesen, er hatte meine Mutter beschuldigt, Sachen weggeräumt zu haben, die er selbst verlegt hatte. Meine Mutter litt sehr unter dieser Situation, die kurz nach seiner Pensionierung aufgetreten war. Anfangs machte sie die veränderten Lebensumstände, die ungewohnte Untätigkeit meines Vaters, verantwortlich für seine Stimmungsschwankungen. Eines Tages dann rief sie mich an und sagte, jetzt sei offensichtlich, was sie schon monatelang befürchtet habe. Mein Vater habe eine Affäre. Wie sich das denn äußere? Ich konnte mir meinen Vater absolut nicht mit einer anderen Frau vorstellen. Er hatte sich zwar nie um uns Kinder gekümmert, aber meiner Mutter gegenüber war er immer liebevoll und treu gewesen. Gundula, du kannst dir das gar nicht vorstellen, hatte sie gesagt. Er ist nicht wiederzuerkennen. Die ganzen letzten Monate habe ich mich gefragt, was er auf einmal gegen mich hat. Er meckert nur an mir rum und macht mich für alles verantwortlich.

Dann hatte sie ganz unvermittelt zu weinen begonnen. Schließlich fing sie sich wieder und sagte: Und ich hatte mich so auf unseren gemeinsamen Lebensabend gefreut.

Sie ließ sich nicht beirren und sagte dann, dass er immer aus dem Haus ging, ohne ihr zu sagen, wohin und wann er zurückkommen würde. Und wenn sie ihn fragte, wo er war, sagte er, das wäre ganz allein seine Sache. Und in dieser Nacht war er gar nicht nach Hause gekommen. Sie schluchzte auf. Das ist so demütigend, ich weiß nicht, was ich tun soll, sagte sie.

Man hatte meinen Vater in der Morgendämmerung auf einem Kinderspielplatz entdeckt. Er saß zitternd oben auf der Plattform einer Rutschbahn und wusste nicht mehr, wie er wieder auf den Boden gelangen sollte. Das junge Pärchen, das ihn zum Glück auf dem Nachhauseweg von der Disco dort entdeckt hatte, nahm sich seiner an und brachte ihn zur nächsten Polizeiwache. Nachdem er einen Kaffee getrunken und sich aufgewärmt hatte, konnte er sich plötzlich wieder an seinen Namen erinnern. Daraufhin brachte man ihn zu meiner Mutter zurück.

Die Diagnose war klar.

Für meine Mutter war es damals sogar eine Erleichterung, dass nicht sie die Ursache für die Wesensveränderung meines Vaters war.

Ich schüttelte die Gedanken an diese schreckliche Krankheit ab, atmete tief durch und wischte mir die Tränen aus den Augen. Es war bitterkalt, und das tröstete mich ein wenig. Denn es ist immer besser, wenn das Wetter schlecht ist, wenn man sich mies fühlt, dann kann man sich dem Elend inbrünstiger hingeben.

Gulliver schienen Regen und Kälte nichts auszumachen, er trabte zielstrebig zum nächsten Baum und hob sein Bein. Othello zog ich wie so oft an seiner Leine hinter mir her. Freiwillig würde er keine Pfote in den Regen setzen. Ich drehte mich nach ihm um, um ihn ein bisschen anzutreiben, als ich hinter mir in der Dämmerung eine Gestalt wahrnahm. Sie winkte mir und schien etwas zu rufen. Ich blieb stehen und erkannte Gerald.

»Gundula! Warte doch mal!«

»Was ist denn? Gibt es einen Notfall?«

Gerald hatte mich eingeholt und schnaufte wie nach einem Hundertmetersprint. Er trug keinen Mantel.

»Gerald, du holst dir doch den Tod. Warum hast du dir nichts übergezogen?«

Er zögerte und schien nach den richtigen Worten zu suchen.

»Gundula, wie soll ich das sagen … Ich habe … dein Gesicht … gesehen.«

»Was meinst du damit?«

Sein Atem beruhigte sich langsam, und er dachte nach, während er neben mir ging. Es rührte mich, dass er mir bei diesem Wetter hinterhergerannt war. Sicher machte ihm sein Übergewicht ganz schön zu schaffen.

»Weißt du, Gundula.« Er nahm vorsichtig meinen Arm. »Das hört sich jetzt vielleicht komisch an, aber … mir ist vorhin das erste Mal aufgefallen, wie nah dir die Krankheit deines Vaters geht … Du redest ja nie darüber, aber ich weiß jetzt, glaube ich, ungefähr, was du fühlst. Und das tut mir sehr leid. Das wollte ich dir nur sagen.«

Ich blieb stehen. Mit rauer Stimme sagte ich: »Ach, Gerald. Es tut mir leid, dass ich manchmal so böse zu dir bin.« Ich schniefte. »Ich fühl mich nur immer so allein … also jetzt nicht nur wegen meinem Vater, sondern wegen der ganzen Situation hier mit diesen Verrückten … und dann bekomme ich manchmal so eine Wut auf dich. Weil du mich alleinlässt, aber du kannst eben nicht anders.«

»Ja«, sagte er, »so ist es wohl.«

»Wie meinst du das jetzt?«

Aber Gerald antwortete nicht. Stattdessen blieb er stehen und starrte auf seine Schuhe.

»Gerald?«

Gerald sah mich von der Seite an und sagte nichts.

»Gerald. Jetzt rede doch mal. Ich meine, wir sind doch zufrieden miteinander. Natürlich gibt es mal den ein oder anderen Krach, aber im Grunde sind wir doch eine ziemlich nette Familie.«

»Ja«, sagte Gerald, »ziemlich nett. Das sind wir.«

»Wieso sagst du das so komisch?«

»Was?«

»Na, mit dem ziemlich nett, dass wir ziemlich nett sind? Findest du das nicht?«

»Doch, deswegen sag ich's ja.«

»Aber du meinst es nicht?«

Er schwieg.

»Gerald. Ich kenne dich doch. Du meinst was anderes.«

»Nein. Ich meine genau das. Und das macht mich traurig.«

»Verstehe ich nicht. Lass uns zurückgehen, mir ist kalt.«

»Siehst du, Gundula, so ist es immer mit dir. Du gehst den Dingen nicht auf den Grund.«

»Das stimmt nicht, ich gehe den Dingen wahrscheinlich mehr auf den Grund, als der Rest der Familie Dingen auf den Grund geht. Aber heute ist Weihnachten, und das Haus ist voller Leute, da hab ich jetzt keinen Kopf für was anderes.«

»Schon klar.«

Wir hatten die Haustür erreicht, und ich wollte gerade aufschließen, aber jetzt hielt ich inne und sah ihn an. »Was meinst du damit?«

»Du hast immer für alles Ausflüchte.«

»Ich finde das jetzt so scheiße von dir.« Ich wurde wieder lauter. »Warum willst du unbedingt streiten?«

»Ich will doch gar nicht streiten! Aber wenn du jetzt wieder vulgär wirst, habe ich auch keine Lust mehr, noch weiter mit dir zu reden.«

»Dann sag mir doch mal, was das hier werden soll!«

»Gundula, es hat keinen Sinn, lass uns aufhören.«

»Ja klar. Weil du jetzt keine Lust mehr hast. Weil es dir zu sehr an die Substanz geht ...«

»Liebes, bitte ... schrei doch nicht so, ich ...«

»Ich bin nicht lieb. Ich habe den Hals gestrichen voll!« Ich fuhr mir mit der Handkante über den Hals. »Bis hier steht es mir, das kannst du mir glauben!«

»Gut. Lassen wir's einfach.«

Gerald sah richtig zornig aus. Er ging aufgebracht ins Haus, zielstrebig Richtung Keller. Ich konnte mir denken, warum. Im Keller lagerte der Alkohol. Konnte er sich ja seiner versoffenen Mutter anschließen!

17.
Kapitel

»Mami, schau mal, ist das cool?«

Rolfi war außer sich vor Glück. Er hatte die Taschenlampe auf einen kleinen Hocker geklemmt und bestrahlte damit den unteren Teil des Weihnachtsbaums. Und zwar in Intervallen. »Schick, ich wusste gar nicht, dass Taschenlampen auch in Intervallen leuchten können!«

»Mami, wann gibt's die Geschenke?« Matz kam gerne schnell zur Sache.

»Was ist eigentlich aus Rüssel geworden? Sitzt der noch unterm Schrank?«, fragte ich zerstreut.

»Keine Ahnung, ist zu dunkel da unten. Und Rolfi gibt mir die Taschenlampe nicht.«

»Das war ein Geschrei, da hast du wirklich was verpasst, Gundula. Die beiden haben sich wegen der Taschenlampe fast die Köpfe eingeschlagen.«

Meine Mutter räumte gerade die Pizzakartons vom Tisch.

»Wo soll das hin?«

»In die Mülltonne.«

»Das ist mir klar, Gundula. Ich hätte sie jetzt auch nicht unter den Christbaum gelegt.«

»Warum fragst du denn dann?«

»Weil ich nicht weiß, wo die Mülltonne ist.«

»Immer noch da, wo sie auch letztes Jahr war. Am Gartentor.«

»Na, dann sag das doch gleich.«

»Lass mal, Mutti, ich mach das schon.« Ich versuchte, ihr die Pakete aus der Hand zu nehmen. Sie hielt sie fest.

»Ich kann das schon selbst!«

»Ja, das weiß ich. Aber bei mir geht es jetzt einfach schneller.« Das war der falsche Satz, das wusste ich, als ich das Gesicht meiner Mutter sah. So ging der Abend unaufhaltsam den Bach runter. Aber mir schwanden langsam die Kräfte.

»Ach so, ich bin dir zu langsam. Ich dachte, heute wäre mal etwas mehr Zeit für alles. Aber egal. Du bist natürlich schneller.«

Ich seufzte, nahm ihr den Packen aus der Hand, und mein Blick fiel auf meine Tochter, die sich in ihre Klatschzeitung vertieft hatte.

»Ricarda, kannst du das mal raustragen, bitte?« Ich legte ihr die Kartons in die Arme.

»Warum muss immer ich alles machen? Matz und Rolfi müssen nie!«

»Die Jungs haben gerade die Weihnachtsbeleuchtung organisiert.«

»Wahnsinn. Wie anstrengend. Und ich soll jetzt den

Müll rausbringen. Das ist einfach unfair.« Sie hielt mir die Kartons unter die Nase.

»Passt auf, dann lasst es einfach alle. Warum solltet ihr euch auch am Weihnachtsabend besser benehmen als sonst?« Ich schrie wieder. Aber egal.

Ich nahm Ricarda den Stapel wieder ab und rauschte damit durch die Tür.

Meine Mutter rief mir nach: »Gundula, findest du das gut, wie du mit denen umgehst?«

»Mit denen?«

»Na, mit den Kindern, mit wem denn sonst!«

»Mutti, die Kinder haben auch Namen, und halt dich bitte da raus.«

»Ich sag gar nichts mehr. Ich mische mich doch nicht in dein Leben ein. Hab ich noch nie gemacht, Gundula. Aber Erziehung muss auch ein Frustrationsprozess für Kinder sein. Sonst finden sie keine Grenzen.«

Ich verstand nicht.

»Aber das ist heute wahrscheinlich anders«, setzte meine Mutter noch hinzu.

»Vielleicht.« Vielleicht zu sagen war immer ein guter Trick, um die Situation zu entschärfen. Man widersprach nicht, gab aber auch nicht wirklich klein bei.

»Was?«

»Was bist du denn jetzt so aggressiv, Mami? Ich habe nur vielleicht gesagt, das ist doch nicht verboten!«

»Nichts ist hier verboten. Man sieht ja, wo das hinführt.«

»Was meinst du denn jetzt damit?«

»Du lässt den Kindern zu viel durchgehen.«

»Zum Glück hast du ja bei mir alles richtig gemacht.« Wenn sie sich streiten wollte, bitte schön, konnte sie haben.

Meine Mutter war sichtlich irritiert. »Gundula, das ist jetzt nicht der richtige Zeitpunkt für Scherze. Du weißt genau, dass man zu deiner Zeit noch gar nicht so weit war mit diesen ganzen Erkenntnissen. Da hat man als Mutter rumprobiert und sich mit anderen Müttern ausgetauscht. Heute würde ich selbstverständlich alles anders machen. Aber hinterher ist man immer klüger.«

»Was willst du denn damit sagen? Redest du jetzt von mir als Endprodukt oder von dir im Erziehungsprozess?«

»Gundula, sprich normal mit mir, ich verstehe diese neumodische Psychosprache nicht.«

»Das war eine ganz normale Frage.«

»Kind, bitte, nicht an Weihnachten. Du kannst gern ein andermal mit mir über Erziehung im Allgemeinen oder, wenn du möchtest, auch über meine persönlichen Fehler bei deiner Erziehung sprechen, aber heute bin ich einfach zu kaputt. Ich werde dann auch bald schlafen gehen.«

Das war typisch für meine Mutter, sie riss immer etwas an und machte sich dann aus dem Staub. Wie ich das hasste. Diese unvollendeten Krisengespräche, die dann tagelang wie Spinnennetze an der Decke klebten und das Licht absorbierten. »Wie du willst.«

Ich öffnete die Haustür und rief über die Schulter: »Wo ist eigentlich Susanne?«

»Die macht sich frisch! Das werde ich jetzt übrigens auch tun. Furchtbar hier, diese Hitze. Ich dachte, ihr habt es nicht so dicke?« Damit stieg sie Treppen zu Rolfis Zimmer hoch.

»Wo ist Papi?«

»Gundula, ich weiß es nicht. Schau doch selbst nach ihm. Ist doch dein Vater.«

18.
Kapitel

Rose lehnte am Küchenschrank und las meinem Bruder aus der Bibel vor. Sie sprach sehr leise, und ihre Stimme zitterte vor Ergriffenheit. Hans-Dieter hatte sein Haferbreischüsselchen vor sich und lauschte andächtig. Er schob den Brei mit der Zunge im Mund hin und her und sah aus, als würde er sich diesem Akt des Vorverdauens voller Inbrunst hingeben. Aber vielleicht traute er sich auch nicht zu schlucken, um durch das Schluckgeräusch nichts von der Geschichte zu verpassen. Musste wahnsinnig spannend sein, sie hatten nicht mal mein Eintreten bemerkt.

»Entschuldige, Rose, dürfte ich mal an den Schrank?«

»Die Seelen der Gerechten sind in Gottes Hand, und keine Qual kann sie berühren.« Keine Reaktion.

Mein Bruder guckte kauend durch mich hindurch. Er hatte glasige Augen und sah aus wie auf Droge. Dann gurgelte er durch den Brei hindurch: »Natürlich, Gundel, ist doch deine Küche, fühl dich wie zu Hause.« Er stupste seine Frau. »Rose, mach doch mal Platz, Gundel muss an den Schrank.«

Rose gehorchte, während sie weiterlas, und schob ihren fetten Leib ein Stück zur Seite.

Hans-Dieter dagegen fällt vom Körperbau her ja eher in die Familie der Leptosomen. Das trifft's genau, schmalbrüstig. Schlaksig, bleich, schlechte Körperhaltung, Hang zu Lethargie und Depressionen. Er hatte schon als Kind einen ziemlichen Knall. Weigerte sich immer, feste Nahrung zu essen, weil er glaubte, alles, was von ihm zerkaut würde, ganz gleich, ob Obst, Fleisch oder grüne Gurken, würde in seinem Magen schreien und weinen, sich dann in seinem Innern zusammenrotten und einen Racheakt an ihm verüben oder sich in Form einer schweren Krankheit an ihm rächen.

Meine Mutter musste alles pürieren oder mahlen, sonst aß er gar nichts. Wenn Sie mich fragen, im wahrsten Sinne ein gefundenes Fressen für jeden Psychiater. Na ja. Jedenfalls war Hans-Dieter schon immer fürchterlich mager und schwächlich. Jetzt bekam er auch noch eine kreisförmige Glatze am Hinterkopf. Ich würde ihm bei Gelegenheit sagen müssen, dass Männer mit solchen Glatzen prädestiniert für Herzkrankheiten aller Art sind.

Ich fragte mich, ob er wirklich mein Bruder ist. Anders als ich ist er charakterlich schwierig. Denkt nur an sich. Trotzdem hat er sich in den Kopf gesetzt, die Welt mit seinen Lebensratgebern zu retten. Macht keinen Sinn für mich. Aber er redet von nichts anderem als davon, dass die Menschen durch seine Büchlein Zugang zum wahren Glück erlangen würden. Dumm nur, dass niemand die Büchlein kaufen will. Das verletzt ihn sehr. Als selbstlos jedenfalls würde ich ihn nicht beschreiben.

Als wir noch klein waren, habe ich immer allen erzählt, er hätte als Baby in der Osternacht plötzlich vor der Haustür gelegen und um Einlass gebeten. Und meine Mutter konnte ihn nicht wegschicken, weil er noch nichts verstand. Er durfte dann bei uns bleiben, weil sich niemand meldete, der ihn vermisste. Ehrlich gesagt, hatte ich mir schon als Kind nicht vorstellen können, dass ihn irgendjemand jemals vermissen würde. Außer Rose natürlich, aber die kam ja viel später und ist ganz sicher ein Thema für sich. Denn Rose würde auch niemand vermissen. Ich lade die beiden hin und wieder ein, weil ich die Hoffnung einfach nicht aufgeben will.

Vielleicht würde dieses Weihnachten ja das Wunder bringen, auf das ich schon so lange gewartet hatte.

Was mich wahrscheinlich am meisten an ihm stört, ist die Tatsache, dass Hans-Dieter so missgünstig ist. Er findet grundsätzlich alles idiotisch, was andere Menschen tun, um sich das Leben etwas schöner und angenehmer zu machen. Materielle Güter jeder Art sind ihm ein Dorn im Auge; jedenfalls, wenn diese Güter nicht ihm gehören. Leute, die genügend Geld haben, um sorgenfrei zu leben, haben seiner Ansicht nach unter Garantie Dreck am Stecken.

Ich sah zu ihm hinüber, wie er mit geschlossenen Augen am Herd lehnte und den Brei durch seine Zähne sog.

Nein, dachte ich, er kann unmöglich mein Bruder sein.

Ich stellte die Gläser auf ein Tablett und ging damit ins Wohnzimmer zurück. Im Flur hörte ich, wie Gerald die Kellertreppe hochkam.

19.
Kapitel

Ich stellte die Gläser auf den Wohnzimmertisch und zündete ein paar Kerzen an. Gerald lief hinter mir hin und her. Er schien etwas zu suchen und machte mich ganz nervös.

»Gerald, suchst du was?«

»Ich suche meine Zeitung.«

»Die von vorgestern?«

»Ja, die von vorgestern.«

Ich warf einen unauffälligen Blick auf die Geschenke unter dem Weihnachtsbaum. Geralds Päckchen hatte ich auch in Zeitungspapier eingewickelt.

»Ich hatte sie noch nicht ganz durch.«

»Keine Ahnung, wo die ist«, log ich. Was wohl passieren würde, wenn Gerald feststellte, dass ich mit seiner alten Zeitung Geschenke eingewickelt hatte?

»Hier kann man nichts liegen lassen, alles kommt weg«, maulte er.

»Verdammt noch mal, dann räum deine Sachen doch auf, dann legt sie auch keiner weg.«

»Ja, Gundula.«

Es folgte eine kleine Pause.

Ich mag nicht, wenn Gerald »Ja, Gundula« sagt, in so einem ergebenen, erschöpften Tonfall. So ganz ermattet und geschwächt. Geradezu besiegt. Ja, Gundula, gib mir den Todesstoß. Ja, Gundula, soll ich Männchen machen? Er brachte mich damit regelmäßig zur Weißglut. Gerald, das Opfer!

»Wieso sagst du ›Ja, Gundula‹?«

Ich stellte mich vor ihn hin und sah ihn durchdringend an.

»Gott, was ist denn jetzt wieder? Ich sage ›Ja, Gundula‹, weil mir diese Antwort passend erscheint. Und um zu verhindern, dass hier gleich der nächste Streit losbricht.«

»Du sagst also ›Ja, Gundula‹ und denkst eigentlich ›Hey, Alte, halt einfach deinen Mund‹, aber das traust du dich nicht –«

»Erstens würde ich nie sagen ›halt deinen Mund‹, weil dieses Vokabular eher deines ist und nicht meines, und zweitens –«

Ich konnte mich nicht mehr beherrschen und fauchte ihn an: »Weißt du was, Gerald? Manchmal wünschte ich, du würdest sagen: Halt den Mund, damit ich mal spüre, dass du überhaupt noch am Leben bist.«

Gerald starrte mich an. Dann atmete er hörbar ein.

»Ach so.«

»Was, ach so?« Musste man diesem Mann immer alles aus der Nase ziehen?

Er wandte sich zur Tür.

»Gerald, was meinst du mit ›ach so‹?«

Er drehte sich um. Auf seinem Gesicht hatten sich ein paar rote Flecken gebildet. »Ich will das ja immer nicht wahrhaben …«

Wieder Pause. Stille.

»Kannst du einfach mal einen Satz zu Ende sagen, Gerald?«

»Ja, Gundula …« Dann sagte er: »Du langweilst dich mit mir. Oder? Ich bin dir zuwider.«

»Was ist denn das jetzt für ein Quatsch?«

»Weißt du, das Problem ist nicht, dass du einen immerzu beleidigst, daran hab ich mich im Lauf der Jahre ja gewöhnt. Das Problem ist, dass du es nicht mal mehr bemerkst, weil dir alles um dich herum egal ist.«

Das stimmte doch gar nicht.

»Das stimmt doch gar nicht!«

Ich musste versuchen einzulenken. Immerhin war Weihnachten, da wäre es angebracht, ausnahmsweise mal nicht zu streiten.

»Weißt du, Gerald, ich verstehe deinen Unmut über deine verschwundene alte Zeitung. Aber ich kann mich jetzt einfach nicht mit deinem Problem abgeben, gleich ist Bescherung.« Dann setzte ich hinzu: »Und wenn du mal ein bisschen mitdenken würdest, würdest du jetzt auch nicht nach deiner beschissenen Zeitung suchen, sondern mich fragen, ob du mir bei irgendwas helfen könntest.« Jetzt redete ich mich in Rage: »Und ich finde es unmöglich von dir, dass du dir für deine Diskussionen immer den Zeitpunkt aussuchst, an dem du ganz sicher sein kannst, dass ich keinen Widerstand leisten werde, weil ich mich durch den Stress, in dem ich gerade bin, nicht auf gleicher Augenhöhe mit dir befinde.«

Obwohl ich meinen Satz richtig gut fand, brach ich sofort in Tränen aus.

Gerald sagte: »Versteh ich nicht.«

»Was?«

»Na, ich verstehe nicht, was du meinst. Warum du mich schon wieder angreifst?«

»Ich greife dich nicht an, ich erkläre dir meine Situation.«

»Gundula, lassen wir's gut sein. Ich fühle mich dem Ganzen nicht mehr gewachsen.« Er ging mit hängenden Schultern zur Tür.

»Gerald, jetzt stell dich doch nicht so an.«

Er drehte sich ein letztes Mal zu mir um. »Darf ich dir für die Zukunft einen Tipp geben? Erst denken, dann reden.«

20.
Kapitel

Sie werden jetzt vielleicht denken, dass da nicht mehr viel zu machen war. Dass wir einfach nicht zusammenpassen. Ich habe Gerald wirklich lieb. Aber wenn man so lange wie wir zusammen ist, schleifen sich manche Dinge ein, und man bekommt die Kerben nicht mehr raus. Sie werden immer tiefer, und irgendwann findet man sich einfach damit ab.

Gerald war der erste und einzige Mann in meinem Leben und ich die einzige Frau für ihn. Es ist nicht so, dass wir uns irgendwann vor Leidenschaft nacheinander verzehrt hätten. Aber wir kommen beide aus einer Kleinstadt, und da war die Auswahl überschaubar. Ich habe schon hier und da Kompromisse gemacht, wie den mit der Schlagermusik, das hab ich ja schon erwähnt. Und ich finde mich damit ab, dass ich meinen Beruf für die Kinder aufgegeben habe und jetzt angeblich zu alt bin, um irgendwo noch Arbeit zu finden. Ich würde wirklich gern was arbeiten. Man wird immer enger im Kopf, und die Sehnsucht nach neuen Erfahrungen nimmt zu. Vielleicht ist das auch einfach die Midlife-

Crisis und ganz normal in meinem Alter. Aber mich macht es traurig, weil ich weiß, dass sich nichts mehr groß in meinem Leben ändern wird.

Ich sehe es direkt vor mir: Irgendwann sind die Kinder aus dem Haus, und dann wird es ganz furchtbar. Dann sitze ich tagaus, tagein mit Gerald im Wohnzimmer und gucke ihm beim Zeitunglesen zu. Und höre Schlagermusik. Schrecklich. Ich sitze eingeklemmt in dem einzigen freien Sessel und versuche über die riesigen Zeitungsberge zu gucken, die sich links und rechts von mir auftürmen. Wir sprechen nicht mehr miteinander, denn Gerald ist zu konzentriert auf seine Lektüre. Ab und zu habe ich Ausgang, dann besuche ich die Kinder und passe auf die Enkel auf.

Düstere Aussichten.

Ich hätte so wahnsinnig gern eine glückliche, fröhliche Familie, in der alle zusammenhalten. Aber irgendwie funktioniert das bei uns nicht. Obwohl ich alle Zeit der Welt hätte, überfordert mich schon die bloße Kindererziehung. Wahrscheinlich ist das die Angst vor dem Scheitern. Dass man also deswegen ganz viele Sachen gar nicht mehr anpackt im Leben, weil man schon vorher denkt, dass es nicht klappt. Deswegen schaffe ich es ja auch nicht, die Familie zu Weihnachten auszuladen. Ab und zu versuche ich gegenzusteuern, wie zum Beispiel, dass ich die Enten kaufe, obwohl mir alle davon abgeraten haben.

Aber dann denke ich, man muss den Kindern doch ein Vorbild sein. Das sind so die Sachen, die mich nächtelang beschäftigen. Ich mache dann kein Auge zu. Und am nächsten Morgen bin ich müde und habe schlechte Laune, wenn meine Familie beim Frühstückstisch sagt: Mama, stell dich doch nicht so an, du kannst dich doch gleich wieder ins Bett legen. Du bist die Einzige hier, die nicht arbeiten muss.

21. Kapitel

»Hallo! Hilfe!«

Die Stimme meines Vaters. Sie kam aus dem Klo im Erdgeschoss. Ich versuchte die Tür zu öffnen, aber sie war abgeschlossen.

»Papi, du musst die Tür aufschließen, dann lässt sie sich auch öffnen!«

»Hallo!«

»Papi, du musst den Riegel zurückschieben, dann kannst du die Tür öffnen. Du hast dich eingeschlossen!«

»Hören Sie mich?«

»Ja, ich höre dich, ich bin's, Gundula. Schieb einfach den Riegel zurück!«

»Hallo? Hilfe!«

Oh, mein Gott. Ich lehnte mich gegen die Tür. Keine Ahnung, wie lang mein Vater schon dort saß.

»Mami, was ist?« Matz kam die Treppe heruntergerannt. »Warum ruft ihr so laut?«

»Opa hat sich im Klo eingesperrt.«

»Echt? Cool.«

»Matz, das ist nicht cool. Ich krieg ihn da nicht mehr raus. Er hat vergessen, wie man Türen aufschließt.«

»Ist ja krass.«

»Tu mir einen Gefallen, und sag nicht immer zu allem krass und cool, das macht mich ganz verrückt.«

»Ricarda und Rolfi sagen das auch immer.«

»Eben.«

»Hallo!« Wieder die Stimme meines Vaters.

»Oh, mein Gott. Was mach ich denn mit ihm?«

Aus dem WC kamen jetzt merkwürdige Geräusche. Erst ein Quietschen, dann ein Knall und schließlich ein Stöhnen.

Die Augen meines Sohnes waren groß wie Untertassen. »Mami! Du musst Opa helfen!«

Ich lief ein paar Schritte zurück, nahm Anlauf und warf mich dann mit voller Wucht gegen die Tür. In meiner Schulter knackte etwas, ganz leise, aber sehr schmerzhaft. Ich lief noch einmal und nahm die andere Schulter. Natürlich bewegte sich die Tür keinen Millimeter.

Vom Lärm angelockt, kam meine Schwiegermutter auch die Treppe herunter. »Gundula, was machst du da?«

»Opa kommt nicht mehr aus dem Klo! Er hat vergessen, wie das geht!«, rief Matz, er war völlig aufgekratzt.

Susanne stellte sich vor die Tür und betätigte die Klinke. Die Tür ging auf.

»Ist doch offen!«

Ich konnte es nicht fassen. »Vorhin war sie noch zu.«

»Gundula, du solltest dich ein bisschen ausruhen, das scheint im Moment alles zu viel für dich zu sein.«

Ich rieb meine schmerzenden Schultern, dann schob ich Susanne beiseite und betrat den kleinen Raum. Mein Vater war nicht zu sehen, aber aus dem geöffneten Fensterchen über der Toilette hingen seine Beine.

»Papi! Was machst du da?«

Leise kam seine Stimme: »Hallo! Ilse?«

»Nein. Papi, ich bin's, Gundula!« Ich packte seine Beine und versuchte ihn wieder reinzuziehen. Er trat nach mir. Ich drehte mich um. Susanne sah mich vorwurfsvoll an.

»Was machst du denn mit ihm?«

»Ich versuche, ihn zurückzuziehen.«

»Aber doch nicht so grob!« Susanne trat vor und berührte die Beine meines Vaters. »Edgar?« Er trat aus. »Autsch.« Sie drehte sich nach mir um. »Er tritt aus. Das ist mir zu riskant.«

Ich versuchte, meine Gedanken zu ordnen, dann kam mir eine Idee. Ich schaltete die Gartenbeleuchtung ein und lief nach draußen. Aus dem Toilettenfenster hing der Oberkörper meines Vaters.

Er stöhnte. »Ilse, ein Glück. Ich dachte, ich schaffe es noch, aber jetzt hält sie mich fest.«

»Ich bin's, Gundula. Wer hält dich fest?«

»Eine Frau. Die hat mir hinter der Tür aufgelauert. Aber ich war schneller.«

Ich spürte einen Stich im Herzen.

»Mach dir keine Sorgen, wir haben die Frau. Die hatte dich mit jemandem verwechselt, sie wollte dir nichts tun.«

»Und die anderen?«

»Die anderen wissen Bescheid.« Ich schluckte die Tränen herunter. Er hatte mich wieder nicht erkannt. Schlimmer, er war vor mir geflohen.

Ich sah zu ihm hoch. Sein Gesicht war von der Anstrengung schweißnass und gerötet. Er keuchte und starrte auf einen imaginären Punkt hinter mir.

»Und jetzt?« Er klang erschöpft.

Plötzlich schob sich eine Erinnerung vor meinen Blick. Mein Vater auf meiner Hochzeit. Wie er mich zum Traualtar führte. Er war ein bisschen kleiner als ich, und ich hatte mich bei ihm untergehakt. Er drückte meine Hand ganz fest und sah mich dann an. Seine Augen waren feucht, als er zu mir sagte: »Mein großes Mädchen. Jetzt muss ich dich wohl gehen lassen. Ich wünsche dir sehr, dass du glücklich wirst.«

So hatte er noch nie zu mir gesprochen, und ich liebte ihn in diesem Augenblick unermesslich.

Sie werden mich für verrückt halten, wenn ich Ihnen sage: Wenn Gerald nicht gewesen wäre und mein Vater nicht mein Vater und noch frei ... In dem Moment hätte ich vor lauter Liebe meinen Vater heiraten mögen. Einfach nur, um ihn nie mehr gehen zu lassen.

»Was macht ihr denn da um Himmels willen?« Meine Mutter stand plötzlich neben mir. Wahrscheinlich hatte Susanne sie informiert.

»Papi steckt fest.«

»Ach, Mensch, Gundula, man darf ihn nicht aus den Augen lassen. Wie oft soll ich das denn noch sagen?« Sie wandte sich ihrem Mann zu. »Edgar, was soll der Blödsinn? Komm da raus.«

»Ja, Liebchen, würde ich gern, aber ich stecke fest. Und hinten zieht immer jemand, dabei will ich doch vorne raus.«

»Das sind deine Enkel. Ich hab ihnen gesagt, sie sollen ziehen und dich dann auffangen.«

Wir nahmen Vatis Arme und schoben ihn langsam zurück in die Toilette. Der Anblick seiner Frau hatte ihn beruhigt. Ich beobachtete meine Mutter von der Seite und fragte mich, warum er sie noch erkannte und mich nicht.

Ich existierte in seinem Leben nicht mehr.

22.
Kapitel

Heiligabend. Wir hatten ihn unverletzt und einigermaßen harmonisch erreicht. Jetzt saßen wir alle um den Weihnachtsbaum herum und packten unsere Geschenke aus.

Wirkliche Überraschungen gab es auch in diesem Jahr nicht. Wir sind keine besonders phantasievolle Familie.

Für Gerald hatte ich einen kleinen Zeitungsständer von einer schwedischen Möbelkette ausgesucht. Der fügte sich schön in das Gesamtbild unserer Einrichtung, und Gerald musste nicht mehr im ganzen Haus nach seinen Zeitungen suchen.

Mein Mann verzog keine Miene, als ich ihm das Päckchen aus Zeitungspapier auf den Schoß legte.

Von ihm bekam ich eine Hummerschere (ich dachte zuerst, es sei ein Nussknacker, wir essen nicht so oft Hummer) und ein Handpflegeset, bestehend aus ein paar Küchenhandschuhen und einer sehr schönen Handcreme, weil ich mich immer über meine rauen Hausfrauenhände beklage. Ich glaubte, die Sachen bei dem Kaffeeanbieter gesehen zu haben. Die haben natürlich aber auch immer prima Angebote. Die Nicole-Kidman-Uhr trug ich auch zur Feier des Tages.

Von den Kindern bekam ich einen Kinogutschein. Sie spekulierten wahrscheinlich darauf, im Gegenzug von mir eingeladen zu werden, damit wir einen gemeinsamen Kinonachmittag machen konnten.

Bemerkenswert war das Geschenk meiner Mutter an Susanne. Sie überreichte ihr einen klobigen goldfarbenen Bilderrahmen, den ich noch aus meiner Kindheit kannte.

Ich erinnerte mich sofort daran, weil sie schon damals vor jedem größeren Fest überlegt hatte, wen sie mit diesem Rahmen beglücken könnte. Jetzt strahlte sie übers ganze Gesicht, und wer meine Mutter nicht kannte, hätte meinen können, sie schenke wirklich von Herzen.

Susanne nahm den Rahmen und betrachtete ihn misstrauisch. »Ganz schön schwer, Ilse. Wie habt ihr den denn hergebracht?«

»Ja, der ist massiv«, sagte meine Mutter und nickte begeistert. »Aber ich habe mir gedacht, er passt zu dir, du magst es ja rustikal.«

Susanne lachte auf und setzte sich dann kommentarlos wieder in ihre Sofaecke.

Ich betrachtete meine Mutter. Bei manchen Menschen kann man sich wunderbar darauf verlassen, dass sie sich nicht verändern. Bei ihr hätte eine kleine Veränderung zum Positiven wahrscheinlich Berge versetzt.

Aber sie war sich zeit ihres Lebens treu geblieben: Sie war unberechenbar, trotzig und konnte regelrecht bösartig werden, wenn man ihr irgendeine Schuld zuwies. Sie klammerte sich an unliebsame Eigenschaften, als würde sie Halt auf einem wild gewordenen Pferd suchen.

Ich habe zum Beispiel als Kind sehr darunter gelitten, von ihr immer nur Sachen zu bekommen, mit denen sie selbst nichts anfangen konnte. Und Herr Mussorkski sagt, dass ich wegen meiner Mutter so bin, wie ich bin. Dass die wenigsten Frauen so sein wollen wie ihre Mutter, ihnen jedoch im Verlauf des Abgrenzungsversuchs unbewusst immer ähnlicher würden. Um zu sehen, was schiefläuft, müsse man in sich hineinsehen und das, was man sehe, bewerten. Ich habe in mich hineingesehen, aber es war nur dunkel. Wie ich in mich hineinsehen solle, wenn es in mir drin so dunkel sei, habe ich ihn gefragt. Das sei ja der Schlüssel zum Erfolg, hat er gesagt. Sie müssen das Licht anknipsen!

Ehrlich gesagt, verstehe ich ihn manchmal überhaupt nicht, aber es tut trotzdem gut, sich hin und wieder jemandem anzuvertrauen. Herr Mussorkski hatte mir auch den Tipp gegeben, meine Mutter grundsätzlich darauf anzusprechen, wenn mich etwas an ihr störte.

Das wollte ich tun. Auch am Heiligen Abend.

»Mutti, wo hast du den denn gefunden? Ich dachte, du kannst mit Papi gar nicht mehr vor die Tür?«

Meine Mutter reichte meinem Vater ein Glas Sekt und tat so, als hätte sie mich nicht gehört.

»Mami?«

»Ja, was ist denn?«

»Wo hast du den Rahmen her?«

»Das spielt doch jetzt gar keine Rolle, Gundula!« Sie warf mir einen warnenden Blick zu.

Ich ließ nicht locker. »Mich interessiert es aber!«

»Meine Güte, das ist doch vollkommen unwichtig. Das Wichtigste ist doch, dass Susanne sich freut.«

»Ach, freu ich mich?«, hauchte Susanne.

Meine Mutter guckte Hilfe suchend zu ihrem Mann: »Edgar, deine Tochter möchte wissen, wo wir diesen Rahmen herhaben. Wo haben wir ihn noch mal gefunden? Bei Villeroy & Boch? Ach nein, bei diesem Antiquitätenhändler … weißt du nicht mehr?«

»Was?«

»Der Rahmen da, wo wir den gekauft haben, möchte deine Tochter wissen!«

Mein Vater stand auf und sah sich den Rahmen näher an. »Na so was.«

»Was meinst du mit ›na so was‹?«

»Wo kommt denn der auf einmal her?«

Sie wurde sichtlich nervös, weil mein Vater sich plötzlich an etwas zu erinnern schien. Sie wollte ihn wieder in seinen Sessel zurückschieben, aber mein Vater ließ sich nicht mehr ablenken.

»Das hat dir doch mal deine Mutter geschenkt. Vor ewigen Zeiten. Ziemlich scheußlich das Ganze. Müssen wir den wieder mitnehmen wie das letzte Mal, als wir Marlene und Harald besucht haben?« Mein Vater steckte voller Überraschungen.

»Edgar, spinnst du? Was du manchmal für einen Quatsch erzählst ...« Meine Mutter stieß einen kurzen hysterischen Lacher aus.

»Ilse, ich wäre dir wirklich dankbar, wenn du vor diesen ganzen Leuten einen anderen Ton mir gegenüber anschlagen würdest.«

»Das tue ich gern, wenn du endlich mal aufhören würdest, solchen Unsinn zu erzählen.«

»Das ist kein Unsinn, Ilse.« Mein Vater stand auf und ging hinaus. Warum folgte ihm eigentlich nie jemand?, fragte ich mich. Aber im Moment war es im Wohnzimmer einfach zu spannend.

Susanne machte ihre typische ausladende Armbewegung, als wollte sie die ganze Welt umarmen, und seufzte: »Ach, Kinder, wir werden uns doch an Weihnachten nicht wegen eines unsinnigen Weihnachtsgeschenks streiten. Das weiß man doch, dass man da selten ins Schwarze trifft. Und schaut doch nur, dieser Baum! Der ist wirklich wunderschön! Geraldchen, gibst du deiner alten Mutter noch einen kleinen Schluck, ja, mein Schatz?«

»Natürlich, Mutti.« Er schenkte ihr nach und hob sein Glas. »Auf dich, Mutti! Schön, dass du da bist!«

»Ach, mein Süßer, jetzt übertreib nicht! Aber es ist schön, dass wir alten Schachteln immer noch zu den Familienfesten eingeladen werden!« Sie wandte sich an meine Mutter. »Ich meine, guck uns doch an, Ilse! Das ist nun wirklich kein schöner Anblick mehr!« Sie trank ihr Sektglas in einem Zug leer. »Herrje, was sind denn das für Eierbecher, da passt ja gar nichts rein!« Sie hielt Gerald wieder das leere Glas hin.

Meine Mutter saß kerzengerade in ihrem Sessel und nippte an ihrem Sekt-Orange. Sie tat so, als hätte sie Susanne nicht gehört.

»Oma, danke! Cool!« Ricarda tauchte wieder aus der Versenkung auf und wedelte mit einem Zwanzigeuroschein.

»Gern, Ricarda, vielleicht kaufst du dir davon was Ordentliches zum Anziehen. Du kommst jetzt in das Alter, wo du auch an später denken solltest.«

»Was meinst du damit?«

»Sie meint, dass du, wenn du weiter so rumläufst, keinen mehr abkriegst«, sagte Rolfi.

»Rolfi, halt die Klappe«, sagte ich.

Gerald sah mich missbilligend an.

»Was guckst du so, Gerald?«, giftete ich ihn an.

»Ich gucke nicht. Ich finde nur, du solltest den Kindern gegenüber einen anderen Ton anschlagen.«

»Weißt du, du kannst dich gern selbst am Gespräch beteiligen, wenn dich mein Umgangston stört, Gerald. Du bist hier schließlich nicht zu Besuch, auch wenn dir das wahrscheinlich lieber wäre.«

»Wie redest du denn mit Gerald!«, rief Susanne.

»Lass gut sein, Mutti«, sagte Gerald und sah auf den Baum, der noch immer an der Wand lehnte.

Dann stand er auf, stöpselte die Taschenlampe aus und den CD-Player ein.

»Was machst du da?«, fragte ich.

»Musik.«

Er drückte auf den Knopf, und »Mendocino« von Michael Holm erfüllte den Raum.

»Bist du noch ganz dicht?«, rief ich. »Kannst du vielleicht erst mal fragen, ob wir das auch hören wollen?«

»Warum?«

»Warum? Es ist Weihnachten!«

»Eben. Da höre ich lieber dem Michael Holm zu als dir.«

»Wieso hab ich nur zehn Euro gekriegt?«, ertönte mit einem Mal Rolfis Stimme.

»Weil du jünger bist«, sagte meine Mutter.

»Ich hab nur fünf gekriegt, davon kann ich mir überhaupt nichts kaufen«, maulte Matz.

»Kinder, man sagt: Danke, liebe Oma Ilse, danke, lieber Opa Edgar, für das schöne Weihnachtsgeld.« Sind andere Kinder auch so? Manchmal hatte ich wirklich das Gefühl, bei der Erziehung alles falsch gemacht zu haben.

Mein Vater kam zurück. Er hatte noch eine Flasche Sekt mitgebracht. Ich sah Gerald an. Er nippte an seinem Glas und wiegte sich im Takt der Musik.

»Gerald?«

Er rührte sich nicht.

»Gerald?«

Mein Mann öffnete die Augen und sah mich an, als käme ich von einem anderen Stern.

»Es wäre schön, wenn du dich auch mal an den Gesprächen beteiligen könntest.«

»Jetzt lass ihn doch mal, Gundula. Er arbeitet immer so hart, da wird er sich doch mal ausruhen dürfen!« Susanne streichelte ihrem Sohn über die Wange.

»Ich möchte aber gern, dass mein Mann sich wenigstens an Weihnachten an den Gesprächen beteiligt.«

»Nun lass ihn doch. Männer muss man auch mal in Ruhe lassen, sonst sind sie irgendwann weg.«

Ich verstand nicht.

»Sie treten die Flucht an. Männer wirken immer so stark, aber in Wahrheit sind sie viel sensibler als wir Frauen. Gerald ist besonders sensibel. Das hat er von seinem Vater.«

»Ja, stimmt. Otti ist ja auch ab und zu abgehauen, weil er dich nicht mehr ertragen hat«, sagte meine Mutter.

»Ilse, würdest du mich bitte mal darüber aufklären, woher deine Aggression mir gegenüber rührt? Ich rede doch gerade gar nicht mit dir.«

»Nein, du redest nicht mit mir. Du redest mit niemandem hier. Die Einzige, mit der du ständig redest, bist du selbst. Du führst ununterbrochen Selbstgespräche.«

Ich biss mir auf die Lippen und beschränkte mich darauf, unsere Mütter zu beobachten. Beide hatten sich zornig aufgerichtet.

»Wenn du jetzt wieder mit der alten Geschichte anfangen möchtest … Dazu habe ich keine Lust«, sagte Susanne.

»Welche von den vielen alten Geschichten meinst du genau, Susanne?«

»Was weiß ich, warum du jetzt wieder streiten willst!«

»Ich streite doch nicht. Ich habe lediglich gesagt, dass du Selbstgespräche führst, die keinen interessieren.«

Mein Vater sagte: »Ilse, was ist denn nur los mit dir? Du wirst dich doch jetzt hoffentlich etwas zusammenreißen und unsere Freundin hier nicht so angreifen.« Er beugte sich vor und sah Susanne zärtlich ins Gesicht. »Nehmen Sie es ihr bitte nicht übel, sie verliert manchmal die Kontrolle über sich.«

»Du spinnst doch wohl, Edgar! Glaubst du, das merke ich nicht, dass du dich schon wieder auf Susannes Seite schlägst, ohne auch nur im Geringsten zu begreifen, worum es überhaupt momentan geht?«

»Ilse, jetzt beruhige dich doch. Wir sind alle gerade wirklich etwas ratlos. Vielleicht solltest du nichts mehr trinken ...« Susanne strich den Saum ihres Kleides glatt und lächelte vor sich hin.

»Das sagst du, ja? Ausgerechnet du! Du hast doch schon immer gesoffen wie ein Loch!« Meine Mutter war außer sich und knallte ihr Glas mit solcher Wucht auf den Tisch, dass der Stiel abbrach.

»Ach ja? Na, wenn dem so ist ... Edgar, hast du noch ein Schlückchen für deine alte Freundin?«

»Natürlich, Liebes.« Er sah ratlos auf die ungeöffnete Sektflasche. »Das heißt, dazu brauchen wir den Kellner noch mal. Das ist ein Spezialverschluss. Da haben die hier in Frankreich ihre eigenen Methoden.«

»Das Land der Liebe …«, flötete Susanne. Sie war wirklich erstaunlich flexibel.

»Du bist das Letzte, Susanne! Du solltest dich schämen!« Meine Mutter verlor nun wirklich die Fassung. »Du schaffst es immer wieder, dieses Thema aufs Tapet zu bringen!«

»Ich mach doch gar nichts!«

»Du brauchst das, oder? Diesen Triumph! Du musst es mir bei jeder Gelegenheit aufs Butterbrot schmieren, was?«

»Mami«, sagte ich kleinlaut, »was ist denn bloß los?«

»Lass mich!« Meine Mutter sprang auf. »Wenn er damals nur bei dir geblieben wäre, dann hätte ich jetzt meine Ruhe! »

»Wer?« Susanne machte große unschuldige Augen.

»Das weißt du ganz genau! Widerlich, wie du dich benimmst! In deinem Alter. Schämen solltest du dich!«

Damit rannte sie raus und knallte die Tür hinter sich zu.

Es folgte ein langes, betretenes Schweigen.

Ich fasste mich als Erste. »Also, ehrlich gesagt, finde ich das jetzt schon etwas heftig, Susanne. Du musst doch nicht jedes Mal wieder mit der Geschichte anfangen. Wir wissen doch alle, was damals passiert ist.«

»Ach, und nur weil Edgar sich jetzt nicht mehr dazu äußern kann, bleibt alles an mir hängen?«

»Nein, das behauptet ja niemand. Aber lass uns doch einfach nicht mehr darüber sprechen, was damals passiert ist.«

»Was ist denn passiert?«, fragte Matz.

»Frag nicht so blöde«, sagte Ricarda.

»So. Was machen wir denn jetzt mit dem angebrochenen Abend? Wo bleibt der Kellner? Wir müssen langsam mal die Bestellung aufgeben.« Mein Vater stand wieder auf.

»Lass mal, Papi, ich mach das schon«, sagte ich, nahm ihm die Flasche aus der Hand und ließ sie Gerald in den Schoß fallen.

»Autsch, spinnst du? Willst du mich kastrieren?«

»Das ist gar nicht mehr nötig.« Damit ließ ich mich in meinen Sessel fallen und schloss die Augen.

23. Kapitel

Kennen Sie das? Es gibt Abende, an denen alles schiefgeht. Man hat das Haus voller Gäste, und es gleitet einem alles aus der Hand. Alles verselbstständigt sich, das Essen misslingt, der Sekt schmeckt schal, der eigene Mann schläft mit offenen Augen, und irgendwann kriegen sich die Gäste in die Haare. Und man selbst steht ratlos daneben und kann nichts anderes tun, als zuzuschauen, wie sich der Abend langsam auf eine Klippe zubewegt, hinter der der unendliche, todbringende, alles verschlingende Abgrund lauert.

Vor diesem Abgrund floh ich in die Küche. Als Rose im Türrahmen auftauchte, versuchte ich mein randvolles Grappaglas hinter meinem Rücken zu verstecken.

»Du, Gundula, der Hadi würde jetzt gern ein bisschen aus seinem letzten Buch vorlesen, kommst du?« Nicht mal heimlich betrinken konnte man sich. »Jetzt?«

»Ja, das passt doch so schön zum Heiligen Abend.« Dann schob sie noch mal nach: »Ach, Gundi, hast du vielleicht eine Idee, wie wir um Mitternacht zur Messe kommen sollen?«

Das wieder!

»Äh … Nein, keine Ahnung, ehrlich.«

»Aber wir müssen dahin.«

»Warum fragst du immer *mich*, wie ihr da hinkommen sollt?«

»Wir sind ja nicht mit dem Wagen da und …«

»Nehmt doch einfach die U-Bahn.«

»Die U-Bahn?« Rose sah mich an, als hätte sie dieses Wort noch nie im Leben gehört. »Kommt ihr dann mit? Wir finden das nicht allein. In Memmingen können wir mit dem Fahrrad fahren.«

»Das ist auch eine gute Idee, wir könnten euch die Fahrräder der Kinder leihen«, sagte ich. »Ricarda soll euch schnell den Garagenschlüssel geben.«

»Du machst dich lustig über uns.«

Langsam fing sie an zu nerven. »Aber nein, Rose«, sagte ich lahm. »Ihr seid doch wirklich alt genug, um allein zur Messe zu fahren.«

»Ja, aber doch nicht nachts!«

»Dann müsst ihr tagsüber in die Messe gehen«, sagte ich.

»Morgen ist er doch schon geboren, dann bringt es nichts mehr.«

»Wer ist geboren?«

»Der Heiland.«

»Das versteh ich, aber ich kann euch leider nicht mehr fahren, ich hab schon mindestens zwei Promille.« Ich holte mein Grappaglas hervor, trank es in einem Zug aus und schloss die Augen.

Rose blieb schweigend vor mir stehen, und deshalb öffnete ich meine Augen irgendwann wieder. Sie glotzte mich entgeistert an. Dann sagte sie alarmiert: »Gundula! Du trinkst?«

Vom Wohnzimmer klang die Stimme von Rex Gildo zu uns herüber. »Nur die Stimme deines Herzens sagt dir immer, welcher Traum dich tief berührt.«

Ich dachte an Gerald, an unsere Mütter und an meinen Vater.

»Ja, leider. Hin und wieder. Aber sag's nicht weiter.« Ein bisschen Übertreibung konnte nicht schaden, vielleicht ergriff sie dann die Flucht.

»Da musst du was dagegen tun!«

»Ja, sagt mein Arzt auch immer. Aber der Tumor ist schon zu groß, da hilft nur noch immer weitertrinken.« Was hatte mich nur gepackt? Ich hatte plötzlich wahnsinnige Lust, mich danebenzubenehmen.

Rose schluckte.

»Welcher Tumor?«

»Die Leber.«

Sie starrte mich aus aufgerissenen Augen an. »Du hast Leberkrebs?«

»Sie wissen es noch nicht genau, ist aber schon steinhart. Hier, fühl mal.«

Ich nahm Roses Hand und führte sie zu meinem Hüftknochen. Ihre Hand zuckte zurück.

»Das ist ja schrecklich! Gundel, dir darf nichts passieren, wir haben dich doch alle so lieb!« Sie nahm mich in ihre fleischigen Arme. »Dir darf nichts passieren!«

»Ja, es ist leider zu spät.«

Und jetzt wollte ich Rose auf die Probe stellen. »Rose. Wir sind uns doch alle so nah, oder?«

»Ja, Gundel«, schniefte Rose.

»Könntest du dir vorstellen, dass die Kinder dann bei euch wohnen? Wenn es mit mir vorbei ist? Gerald schafft das nicht allein.«

Sie machte einen Schritt zurück und hatte wieder ihren Kuh-ohne-Fell-Blick.

»Alle drei?«

»Natürlich, wer würde es übers Herz bringen, sie zu trennen?«

»Das stimmt, Gundel, es ist nur … es wäre in dem schrecklichen Fall nur so, dass … wir ja mit so Kindern eigentlich gar nicht so gut … und wenn es so weit ist, wir haben ja nicht viel Platz …«

»Aber das sind doch eure Nichte und Neffen.«

»Gundel, es ist nur … eure Kinder sind schon spezieller als andere, also, wie soll ich das sagen?«

»Was meinst du?«

»Na, da muss man schon genau wissen, wie man mit denen umgeht, sonst tanzen die einem schon auf der Nase rum. Also, das sagt Hadi immer.«

»Ich verstehe.«

»Nicht böse sein, Gundel, du findest bestimmt liebe Leute, die sich um die Kinder kümmern, wenn … wenn …«

Sie versuchte sich erneut an meinen Arm zu klammern.

»Ach, das Leben ist so ungerecht. Wo ihr doch jetzt gerade das Haus einigermaßen fertig habt.«

»Ja, Gerald wird wohl auch erst mal drin wohnen bleiben.«

»Das ist doch viel zu groß für ihn!«

»Stimmt, Rose. Würdet ihr es denn eventuell nehmen?«

Roses Augen blitzten auf. »Es ist zu schrecklich, jetzt schon darüber zu reden. Na ja, aber bevor das Haus verfällt, kümmern wir uns natürlich drum. Da kannst du sicher sein.«

24.
Kapitel

Nachdem Rose verschwunden war, machte ich es mir mit meinem Grappaglas auf der Anrichte bequem und dachte über mein Leben nach. Aber dann kam Gerald in die Küche und nahm eine Flasche Rum aus dem Schrank.

»Was machst du da, Gerald? Du willst dich doch nicht betrinken?«

»Und du trinkst Wasser, oder was?«

»Klar.«

»Es ist schon überraschend, dass du erst das Haus mit Leuten füllst und es dann nicht für nötig hältst zu erscheinen.«

Ich hielt ihm mein leeres Glas hin. »Stimmt. Ist allein meine Schuld, dass die alle da sind. Tut mir wirklich leid. Übrigens werden Hadi und Rose bald hier einziehen.«

Geralds Augenbrauen hoben sich. Er sah mich an.

»Ich hab Rose erzählt, dass ich Krebs im Endstadium habe. Sie werden sich um das Haus kümmern, weil es für dich zu groß ist und du hier zu sehr an mich erinnert wirst.«

»Was redest du denn für einen Blödsinn?«

»War ein Experiment, und meine Vermutung ist hundertprozentig eingetroffen. Es ist immer gut zu wissen, woran man ist.«

»Gundula, du kannst den Leuten doch nicht erzählen, dass du sterbenskrank bist!«

»Die können sich doch freuen.«

»Glaub ich kaum. Ich glaube eher, dass du sie nicht alle beisammenhast. Rutsch mal rüber!« Er schob mich beiseite und suchte im Kühlschrank nach den Eiswürfeln. »Hast du keine Eiswürfel?«

»Nein.«

»Warum nicht?«

»Vergessen.« Ich konnte eine ziemliche Nervensäge sein.

»Du vergisst ganz schön viel in letzter Zeit, Gundula. Vielleicht solltest du dich mal untersuchen lassen.«

»Spinnst du jetzt komplett?«

»Entschuldige. Aber Eiswürfel wären jetzt wirklich gut.«

»Im Keller müssten noch welche sein.«

»Wo denn da?«

»In der Waschmaschine.«

Er sah mich müde an.

»Gerald, entschuldige mal, wo sollten sie denn wohl sein? Im Gefrierschrank natürlich. Hier war kein Platz mehr.«

Er wollte schon los, da hielt ich ihn noch einmal auf.

»Gerald?«

»Was denn?«

»Was ist eigentlich los mit dir? Du nörgelst nur noch an mir rum. Und wenn du nicht an mir rumnörgelst, bin ich Luft für dich.«

»Ist bei dir doch nicht anders. Du müsstest dich mal hören.«

»Du kannst es mir ruhig sagen übrigens.«

»Ich würde jetzt wirklich gern meine Eiswürfel holen.« Dann rief er Richtung Wohnzimmer: »Hans-Dieter? Die CD ist aus, kannst du mal eine neue einlegen? Am besten die Helene Fuscher!« Dann lächelte er mich an und sagte: »Vielleicht heitert dich das etwas auf.«

»Wo muss ich da drücken?« Hans-Dieter klang überfordert.

»Der mittlere Knopf!« Gerald verzog den Mund. »Nicht zu fassen, dein Bruder ist vollkommen beschränkt. Komm jetzt bitte wieder rüber, unsere Mütter kratzen sich gleich die Augen aus. Ich schaff das nicht allein, wirklich, Gundula, hör jetzt auf mit dem Mist.«

»Ich mach doch gar nichts!«

»Doch, du lässt mich mit den ganzen Irren allein und betrinkst dich hier still und leise.«

»Wie gesagt, du kannst es mir ruhig sagen.« Ich schwankte schon ein bisschen und musste mich am Spülbecken festhalten.

»Was denn?«

»Du kannst es mir ruhig sagen, wenn du eine andere hast. Stört mich nicht«, sagte ich, schenkte mir nach und nahm noch einen Schluck.

»Wie kommst du denn auf den Blödsinn? Ich fühle mich durch dich hundertprozentig ausgelastet.«

»Na, hätte mich auch gewundert.«

»Wie, gewundert?«

»In deinem Alter kriegt man nicht mehr so schnell Ersatz.«

»Gundula, jetzt hör doch mal auf.«

Ich starrte vor mich hin und versuchte meine Tränen zurückzuhalten.

»Wir sind überhaupt kein Paar mehr.«

»Können wir ein andermal darüber reden, wenn das Haus nicht voller Leute ist?«

»Das ist wieder so ein beschissenes Weihnachtsfest. Warum kriegen wir das nie hin? Warum ist bei uns alles immer so schrecklich?«

»Es war deine Idee, dieses Fest zu machen. Und jetzt hast du schlechte Laune, weil du andere Menschen sowieso nicht erträgst.«

»Erstens war es nicht meine Idee, und zweitens habe ich normalerweise kein Problem mit Menschen. Aber mit meiner Familie eben schon.«

»Gerald!«, schallte es aus dem Wohnzimmer. »Wo ist die Fuscher-CD?«

»In der CD-Röhre neben der Tür!«

»Was ist das?«

»Der Ständer mit den CDs drin!« Mir zischte er zu: »Herrgott noch mal, warum muss dein Bruder so strohdoof sein? … Gundula, ich muss rüber, der bringt mir alle CDs durcheinander.«

»Ist doch sowieso alles das Gleiche …« Ich wollte ihn einfach quälen heute. Der Grappa half mir dabei.

»Sei doch nicht immer so bösartig!«

»Ich möchte einfach mal so richtig Weihnachten feiern. So ganz festlich, wie man das manchmal im Fernsehen sieht«, sagte ich. Tränen der Erschöpfung traten mir in die Augen.

»Gundel, jetzt fang nicht gleich wieder an zu heulen. Solche Familien gibt es nicht.«

»Natürlich gibt es die.«

»Ach ja? Dann nenn mir mal ein Beispiel.«

»Mir fällt jetzt keins ein. Aber ich weiß, dass es so glückliche Familien geben muss.«

»Gerald?« Roses Stimme klang etwas panisch. »Hadi findet die Öffnung nicht!«

»Er soll die Kinder fragen!«

»Hat er schon. Die sagen, er hätte was kaputt gemacht, aber er hat nichts angefasst, bestimmt, das kann ich bezeugen, und wir haben ja gleich gesagt, dass er sich mit so Apparaten nicht auskennt.«

»Manche Familien haben es nicht nötig, ständig zu streiten.« Ich ließ nicht locker.

»Gundula, warte mal, der macht mir meinen CD-Player kaputt.«

»Dein CD-Player ist dir also wichtiger als ich?«

»Herrgott noch mal, nein, aber unsere Streitereien bringen uns nicht weiter, und den CD-Player kann ich vielleicht noch retten.«

»Du bist echt ein Arsch.« Ich trank mein Glas aus.

»Gundula, reiß dich jetzt bitte zusammen, und hör auf zu trinken.« Er versuchte, mir mein Glas aus der Hand zu nehmen, aber ich riss es an mich und goss mir nach.

»Ich muss heute trinken, um klarer zu sehen. Ich bin schon kurz davor.« Ich nahm einen tiefen Schluck. »Manchmal muss man vielleicht der Wahrheit ins Gesicht sehen. Es ist gar nicht die Verwandtschaft, die unser Weihnachtsfest ruiniert.«

Ich machte eine bedeutsame Pause.

»Sondern?« Gerald war ungewöhnlich aufmerksam.

»Wir sind es selbst. Bei uns ist es immer schlimm. Denk doch mal nach. Es ist auch schlimm an Ostern und an jedem anderen Wochenende. Es ist immer schlimm. Es wird immer schlimmer, egal, ob Gäste da sind oder ob wir allein feiern. Wir sind am Ende unseres Weges angelangt.« Mir war jetzt schwindlig, und ich hielt den Küchenschrankgriff fest umklammert. Ich vertrug wirklich nichts. Aber in diesem Moment hatte ich das Gefühl, mithilfe des Alkohols kurz vor einer Erkenntnis zu stehen. Der Erkenntnis, warum unsere Ehe am Ende war.

Gerald war sehr blass geworden und setzte gerade zu einer Erwiderung an, als Ricarda, Rolfi und Matz in der Tür erschienen.

»Papi, vielleicht solltest du mal kommen, Onkel Hans-Dieter kriegt die CD nicht rein und popelt gerade mit seiner Gabel in der CD-Öffnung rum«, sagte Matz.

»Hans-Dieter! Lass mal, ich komme!«, rief Gerald

panisch und war im nächsten Moment aus der Tür. Und unser Krisengespräch war damit beendet.

»Können wir jetzt nach oben?«, fragte Ricarda. »Da drüben ist es stinklangweilig.«

»Ricarda, stinklangweilig sagt man nicht. Und ihr bleibt hier.«

»Oh, Mann, warum denn?«

»Weil Weihnachten ist.«

»Na und?«, fragte Matz. »Bescherung war doch schon.«

»Nein. Weihnachten ist das Fest der Liebe, das feiert man zusammen.«

»Was sollen wir denn hier machen?«, fragte Rolfi.

»Spielt doch ein Gesellschaftsspiel.«

»Superidee, Mami. Wir sind doch nicht im Altersheim.« Ricarda nahm mir mein Glas aus der Hand. »Mami, du trinkst?«

»Ein bisschen.«

»Also, können wir jetzt nach oben?«

»Nein.«

»Aber Onkel Hadi will gleich aus seinem Buch vorlesen. Und dafür bin ich noch viel zu klein«, jammerte Matz.

Gerald kam zurück. »Ich konnte Hans-Dieter gerade noch davon abhalten, meinen CD-Player aufzubrechen. So, könntet ihr jetzt alle bitte wieder rüberkommen? Die anderen warten. Wo ist mein Rum?«

Die Flasche stand direkt vor seiner Nase auf der Anrichte.

Gerald sah sich um und entdeckte sie schließlich ohne fremde Hilfe.

Ricarda beäugte mich misstrauisch. »Gut, Mama, wir bringen dich jetzt erst mal rüber zu den anderen, damit du hier nicht allein bleibst. Und vielleicht trinkst du jetzt mal ein Wasser, du siehst furchtbar aus.«

»Ich hab ja auch Krebs im Endstadium.«

»Gundula, mach nicht auch noch den Kindern Angst!«

Gerald riss mir das Glas aus der Hand, die Kinder starrten mich an.

»Das war ein Witz!«

»Total lustig, Mami.«

»Wenn heute alle zu mir sagen, dass ich so schrecklich aussehe, ist das für mich auch nicht leicht!«

Gerald schüttelte resigniert den Kopf. Ich holte tief Luft und versuchte mich zusammenzureißen. Da erschien Hans-Dieter. Er hatte sein Büchlein in der Hand. »Was macht ihr alle in der Küche?«

Von draußen klopfte jemand an die Scheibe. Ich sah zwei kleine Männer.

»Wer sind die denn?«

»Das ist Opa, der hat sich wohl wieder ausgesperrt.«

Ich sah noch mal hin. Die Männchen waren weg. Ricarda ging zur Haustür, um meinen Vater reinzulassen. Jetzt wurde es langsam interessant.

Mein Vater war ziemlich durchgefroren, er schlotterte am ganzen Leib. Zum Glück hatte der Regen aufgehört, sonst hätte er sich längst den Tod geholt.

»Papi, was machst du denn da draußen.«

»Ich wollte gar nicht raus, ich wollte rein, aber plötzlich war die Tür weg.«

»Komm, Edgar, trink ein Schlückchen, das wird dir guttun.« Susanne hielt ihm ihr Glas hin und goss sich selbst eines ein.

»Das schmeckt gar nicht schlecht, das Zeug. Was ist das?«

»Rum, Mutti, pass auf, der haut den stärksten Elefanten um.«

Gerald selbst hatte er bis jetzt noch nicht umgehauen.

Mein Vater strahlte übers ganze Gesicht. »Ganz köstlich!«

»Ich finde das nicht richtig, dass ihr ihm zu trinken gebt«, sagte mein Bruder. »Er weiß ja gar nicht mehr, was das ist.«

»Mein Sohn, werde du erst mal trocken hinter den Ohren. Und dann komm noch mal rein, und fang noch mal von vorn an.«

Mein Vater hatte sichtlich Spaß, dabei zu sein, seine Wangen glühten.

»So. Ich werde meiner Mutter Bescheid geben.« Hans-Dieter drehte sich um und ging hinaus.

»Alte Petze«, sagte ich.

Meine Kinder starrten mich an. Sie waren nun doch geblieben, um die immer merkwürdigeren Erwachsenen zu beobachten. Plötzlich langweilten sie sich kein bisschen mehr.

»Was guckt ihr so?«

»Du bist so lustig, Mami«, sagte Matz.

»Ja, vielleicht solltest du öfter mal was trinken, das macht dich irgendwie lockerer«, sagte Ricarda.

»Find ich auch. Sie ist total locker.« Gerald wankte hinaus. »Bringt die Flaschen mit!«, hörten wir ihn noch rufen.

Dann krachte es.

25.
Kapitel

»Diese miesen kleinen Scheißtölen.«

»Papa!« Unsere Kinder waren entsetzt.

Ich sagte: »Gerald, auch wenn du dich wegen der Hunde flachgelegt haben solltest, das ist kein Grund, sie Scheißtölen zu nennen.«

»Ich habe mich nicht flachgelegt, ich habe mich überschlagen, weil die Scheißdogge aufgestanden ist, als ich über sie drüberspringen wollte.«

»Siehst du, Gerald«, sagte ich, »das ist der Punkt. Kein normaler Mensch würde versuchen, über eine Dogge zu springen.«

»Vor allem nicht, wenn er betrunken ist.« Das war mein Bruder.

»Ja, Hans-Dieter, jetzt halt mal die Luft an«, sagte ich.

Susanne hatte eine Tüte Erbsen aus dem Gefrierfach geholt und legte sie ihrem Sohn auf die Stirn.

»Aber tu sie zurück, bevor sie auftauen«, sagte ich, »ich wollte die morgen kochen, und sie sollten nicht schon vorher matschig sein.«

Gerald warf mir einen gekränkten Blick zu, stand auf und humpelte ins Wohnzimmer. Wir folgten ihm. Mein Vater hatte sich die Rumflasche unter den Arm geklemmt.

»War's was Schlimmes?« Meine Mutter war nach unten zurückgekehrt und lag mit geschlossenen Augen und Leidensmiene in ihrem Sessel.

»Nein, Ilse. Dein Schwiegersohn hat nur mit dem Kopf eine Kerbe in den Türrahmen geschlagen. Schlaf ruhig weiter«, sagte Gerald und ließ sich aufs Sofa fallen.

»Was bist du denn so ekelhaft? Ich schlafe überhaupt nicht, aber ihr seid ja alle ständig woanders.« Dann setzte sie hinzu: »Ich kann ja auch gehen, wenn euch mein Anblick stört.«

»Ja, ja ...« Gerald hatte keine Lust mehr auf Diskussionen, das war ihm anzumerken.

»Ich habe mir in den letzten Jahren abgewöhnen müssen nachzusehen, was passiert ist, wenn es irgendwo kracht.« Meine Mutter sah erschöpft zu ihrem Mann hinüber.

Er lächelte sie an.

»Rum, Ilse«, sagte er glücklich.

»Komm, Edgar, sei so lieb und schenk mir nach.« Susanne setzte sich neben Gerald und hielt meinem Vater ihr Glas entgegen.

»Aber natürlich, Liebe, wer könnte einer so charmanten Bitte widerstehen.« Er genoss den Abend wirklich außerordentlich. Vielleicht würde das Fest doch noch was werden.

»So, Edgar, jetzt ist es genug. Ich bringe dich ins Bett. Es ist auch gleich zehn, und wir sind alle müde.« Meine Mutter konnte eine echte Spielverderberin sein. Aber sie versuchte wenigstens, sich zusammenzureißen, obwohl sie vor Eifersucht kochte.

»Mami, lass ihn doch«, sagte ich und hielt meinem Vater auch mein Glas hin. Die Kinder hatten sich auf dem Wohnzimmerteppich verteilt und beobachteten fasziniert das Geschehen.

»Nein. Ich lasse ihn nicht. Er lässt mich ja auch nie.«

»Ilse, Edgar ist krank. Das kannst du doch gar nicht miteinander vergleichen.« Susanne hängte sich schon wieder gefährlich weit aus dem Fenster.

»Du musst es ja wissen, Susanne. Und Edgars Krankheit jetzt so schamlos auszunutzen finde ich ehrlich gesagt ziemlich unanständig.«

»Was hab ich denn ausgenutzt?«

»Du flirtest mit einem wehrlosen Mann.«

»Was tue ich? Du warst doch immer diejenige, die sich an jeden rangeschmissen hat.« Susannes Gesicht hatte die Farbe eines Christsterns.

Meine Mutter lachte auf. »Selten so einen Käse gehört.«

»Also das wird mir nun wirklich zu persönlich. Ich würde vorschlagen, dass ich ein bisschen vorlese, damit wir auf andere Gedanken kommen«, sagte mein Bruder.

»Hadi, wir müssen uns auch langsam auf den Weg machen.« Wir entdeckten Rose auf dem Boden neben der Krippe. »Wir müssen ja die U-Bahn nehmen wegen des Alkohols.«

»Rose, was machst du denn da unterm Christbaum?«, fragte ich.

»Ich muss dreimal am Tag meditieren, damit die Synapsen durchgängig bleiben.«

»Die was?«

»Die Synapsen. Die verbinden den Körper mit dem Geist, und wenn die blockiert sind, gerät alles durcheinander, und es kann nichts mehr fließen.«

»So so«, sagte mein Vater trocken.

»Hilft das auch gegen Kopfschmerzen?« In meinem Kopf fing es nämlich verdächtig an zu klopfen.

»Mama, was hast du denn jetzt wieder?«, fragte meine Tochter.

»Sie ist betrunken«, sagte Matz und nickte fachmännisch.

Endlich sagte Gerald was: »Komm, Ilse, trink einen mit uns. Das macht dich lockerer.«

»Wie meinst du das?«, fragte meine Mutter misstrauisch.

Ich trat unter dem Tisch nach Gerald und traf etwas Hartes.

»Autsch!« Gerald guckte mich an. »Du spinnst wohl!«

»Wer spinnt?«, fragte meine Mutter.

»Nein, nicht du ... es ist bloß ... Ich meine ...« Er hatte den Faden verloren und rieb sich sein Schienbein. »Langsam reicht's mir.«

Meine Mutter stand auf. »Mir übrigens auch. Edgar, kommst du? Sonst musst du nämlich allein ins Bett.«

»Wieso soll ich nicht allein ins Bett finden? Ich wohne hier«, antwortete mein Vater und zwinkerte Susanne zu.

»Gut, wie du willst. Ich gehe jetzt.« Meine Mutter schickte ein »Gute Nacht« in die Runde und verließ den Raum.

»Warte, Oma, dann will ich bei dir schlafen!«, rief Matz und rannte hinter ihr her.

Ich war gerührt. Er hat ein sicheres Gespür für gekränkte Menschen, dachte ich bei mir. Er kann niemanden leiden sehen. Dann fiel mir Rüssel ein, der sicher anderer Meinung war und wohl noch immer unterm Schrank hockte.

»Na denn, prost. Fröhliche Weihnachten!« Susanne hob ihr Glas, und wir prosteten uns noch einmal zu.

Dann hörte ich wieder Roses Stimme: »Gundula, wir brauchen noch einen Plan für die öffentlichen Verkehrsmittel.«

»Und einen Stadtplan«, sagte mein Bruder. »Aber jetzt würde ich wirklich gern noch kurz aus meinem Buch vorlesen. Das wird euch jetzt guttun. Ihr könnt es übrigens auch käuflich erwerben. Ich habe extra ein paar Exemplare für euch mitgebracht.«

»Wie teuer ist es denn?«, fragte Susanne.

»Normalerweise kostet es fünfundzwanzig Euro, aber ich würde es euch für zwanzig Euro überlassen.« Er lächelte und fügte hinzu: »Weil Weihnachten ist.«

Ich betrachtete das dünne Heftchen in seiner Hand

und überlegte, wie viele Monate er sich wohl mit dem kläglichen Inhalt abgemüht haben mochte.

»Na gut«, sagte Hans-Dieter, weil keiner von uns auf sein Angebot einging. »Ihr könnt es euch in Ruhe überlegen. Wir sind ja noch ein bisschen zusammen.«

Dann begann er: »Kapitel eins, Der Aufbruch, Untertitel: Lass deine Seele knospen. Der wahre Weg zum Miteinander.«

26.
Kapitel

»Mami?« Ich war meiner Mutter gefolgt und betrat Rolfis Zimmer. Sie war nicht da, aber Matz lag schon auf der Gästematratze. »Mätzchen?«

»Ja?«

»Gib zu, du hast dir nicht die Zähne geputzt.«

»Doch!«

»Matz, du schwindelst, da kommt ein kleines Rauchfähnchen aus dem Bett.« Das sagten wir immer, um den Kindern zu zeigen, dass es keinen Sinn machte, uns anzuschwindeln.

»Das ist kein Rauchfähnchen, ich hab gepupst.«

»Matz! Schäm dich. Und jetzt putz dir die Zähnchen, du Lump, sonst kriegst du dein erstes Gebiss, wenn du so alt bist wie Ricarda. Willst du das?«

»Ricarda hat doch auch noch kein Gebiss, obwohl die sich nie die Zähne putzt.«

»Das stimmt doch gar nicht.«

»Wohl stimmt das.«

Ich verspürte eine leichte Erschöpfung. »Aber morgen früh werden die Zähne dann gleich geputzt, ja?«

»Morgens kann ich keine Zähne putzen«, sagte Matz. »Weil das Müsli sonst eklig schmeckt.«

»Matz, dann putzt du dir die Zähne eben nach dem Frühstück.«

Ich gab ihm einen dicken Kuss und richtete mich auf.

»Was ist eigentlich aus Rüssel geworden? Klemmt der noch immer unterm Schrank?«

»Weiß nicht.«

»Und wenn Hans-Dieter oder Rose ihn nachher aus Versehen zertreten? Also Rose würde das mit einem Schritt schaffen, so dick, wie die ist.« Manchmal musste man zu unmoralischen Mitteln greifen.

Matz machte große Augen, und ich konnte mir vorstellen, was er vor sich sah: Rüssel platt getreten, alle viere von sich gestreckt, das Maul zu einem letzten Schrei aufgerissen und den Blick in wilder Panik nach oben gerichtet. Dahin, wo Roses Fuß auf ihn herabgesunken war, um ihn zu zerquetschen. Am heiligen Weihnachtsabend.

»Daran hab ich gar nicht gedacht, Mama.«

»Das denke ich mir«, sagte ich.

»Gundula, was machst du hier?« Meine Mutter kam herein. Sie trug ihr Nachthemd und hatte sich das Gesicht mit einer weißen Paste eingeschmiert.

»Oma, was hast du da auf dem Gesicht?«

»Das ist die Faltenmaske von Susanne. Kann nicht schaden. Ich dachte mir, wenn ich sie gleich die ganze Nacht drauflasse, bewirkt sie vielleicht sogar was.«

»Was soll die denn bewirken?«

»Sie frisst Falten«, sagte meine Mutter, und Matz verzog schmerzhaft das Gesicht.

»Mami, komm mal her.« Ich nahm meine Mutter in den Arm.

»Ach, Gundula, das Leben ist nicht gerecht. Ich wünsche dir, dass du so etwas nie erleben musst.«

»Was meinst du denn?«

»Alles.«

»Wie, alles?« Typisch meine Mutter. Sie drückte sich in den seltensten Fällen klar aus.

»Dass dein Mann sich mitten im gemeinsamen Leben plötzlich von dir abwendet und sich ein neues Leben erschafft. Das tut so weh. Wenn die gemeinsamen Erinnerungen ausgelöscht sind. Wenn die Liebe nicht mehr existiert.« Sie schluchzte auf. Tränen liefen über ihr Gesicht.

»Ach, Mami.«

»Weißt du, da ackert man sein ganzes Leben und versucht, alle Konflikte zu überstehen und zusammenzubleiben, das ist nicht immer so leicht, ein Leben zu zweit kann sehr lang sein ... Und dann kommt man in ein Alter, in dem alles ruhiger wird und eigentlich gut, in dem man sich mit dem andern über Kleinigkeiten freuen kann, weil das Große hinter einem liegt, man freut sich auf den gemeinsamen Lebensabend und darauf, alles, was man noch erleben darf, mit dem andern zu teilen. Und dann«, sie schluchzte wieder auf, »dann verliert dieser Mensch, der dir ein Leben lang so nah war wie niemand sonst, plötzlich das Gedächtnis, und du stehst ganz allein da, mit all den Erinnerungen, die du mit niemandem mehr teilen kannst.«

»Aber ich bin doch auch noch da, Mami …«

Aber sie erzählte einfach immer weiter. »Und was das Schlimmste ist, du wirst degradiert zu einer Art Pflegepersonal. Und dann verlierst du dich selbst nach und nach, obwohl du gesund bist. Du wirst hinabgezogen in dieses Schicksal, in diese Isolation. Du wirst auch zu einer Gefangenen dieser Krankheit.«

»Aber Mami, du hast vorhin gesagt, dass dir kein Mensch je so nah sein wird wie Papi, aber ich bin doch auch noch da …«

»Es gibt kein Leben mehr für mich außerhalb der vier Wände zu Hause und außer diesem Menschen, der mich nicht mehr erkennt und den ich nicht mehr kenne, und ich ertrage diese Erniedrigung, diese Freiheitsberaubung, die Schlaflosigkeit und Selbstlosigkeit nicht mehr. Ich bin dazu nicht gemacht.«

»Mami …«

»Ja, ich ertrage ihn nicht mehr. Ich hasse ihn dafür, dass er unser Leben zerstört. Obwohl ich weiß, dass er nichts dafür kann, nehme ich es ihm übel. Und manchmal wünsche ich mir, er wäre tot und ließe mir wenigstens den kleinen Rest von meinem eigenen Leben übrig.«

Endlich machte sie eine Pause und sah mich an. Aber sie nahm mich nicht wahr. Ihre Empfindungen kreisten um ihr eigenes Leben.

»Es ist so schlimm, dass es immer weiter bergab geht

und dass man ohnmächtig danebensteht und den Untergang mit ansehen muss. Vollkommen hilflos. Was mich am traurigsten macht, ist, dass ich nicht der Mensch bin, der ich zu sein glaubte. Ich bin böse, ich bin ungeduldig. Und gehässig. Ich behandle ihn absichtlich schlecht, damit sich etwas in ihm rührt. Aber wie sollte das gehen? Er findet den Weg nicht mehr hinauf zu uns.«

Wir saßen auf Rolfis Bett, und ich dachte darüber nach, ob sie sich wohl jemals für mich interessiert hatte. Wann hatte sie mich jemals aus ganzem Herzen gefragt, wie es mir ging, ob ich glücklich in meiner Ehe war, ob ich jemanden zum Reden brauchte. Der Alkohol hatte meine Traurigkeit für kurze Zeit gedämpft, aber jetzt schlug die Verzweiflung über das alles mit voller Wucht zu. Auch ich musste weinen.

»Siehst du, für dich ist es auch nicht leicht, einen Trottel zum Vater zu haben.«

»Nein, das ist es nicht, Mami, ich bräuchte nur … ich hätte nur so dringend jemanden zum Reden gebraucht, aber alle reden immer nur von sich.« Ich atmete tief ein.

Ich startete einen erneuten Versuch. »Und außerdem hatte ich mich so auf unser Fest gefreut. Und jetzt geht es so schief.«

»Ach, so würde ich das nicht sehen, ist doch eigentlich wie jedes Jahr. Aber was machen wir jetzt mit deinem Vater?«

»Ich kümmere mich um ihn«, sagte ich. »Ich gebe

ihm seine Pillen und bring ihn ins Bett, damit du mal schlafen kannst.«

»Das ist lieb von dir. Gib ihm fünf, dann hast du drei Stunden Ruhe.«

»Okay.« Dann stand ich auf. »Gute Nacht, Mami. Gute Nacht, Mätzchen, schlaft schön.«

27.
Kapitel

Ich schloss die Tür hinter mir und setzte mich auf die oberste Treppenstufe. Unten trällerte noch immer Helene Fuscher ihren neuesten Hit. Mir war elend zumute. In meinem Kopf flirrten die Bilder des Abends durcheinander, und ich schaffte es nicht mehr, sie zu sortieren.

Ich sah Gerald vor mir. Eigentlich hatte ich mit ihm wirklich Glück gehabt. Ich glaube schon, dass ich ihm vertrauen kann. Das ist der Vorteil an phantasielosen Männern, sie sind einem treu. Klingt jetzt vielleicht boshaft, ist aber so.

Ich habe neulich gehört, dass Frauen bei der Partnersuche am liebsten Männer wählen, die verheiratet sind oder sogar Familie haben. Singles sind für sie uninteressant. Ich würde bei einem Single um die fünfzig auch denken, dass da irgendwas nicht stimmen kann. Einen verheirateten Mann allerdings würde ich nicht mal mit der Kneifzange anfassen.

Mir wurde ganz heiß, weil ich plötzlich so dankbar dafür war, dass ich schon einen Mann zu Hause hatte und nicht mehr auf die Suche gehen musste. Zumal wir Frauen ja bevölkerungstechnisch gesehen in der Überzahl sind. Und die Konkurrenz schläft nicht.

Ich war auf einmal erleichtert, meinen Gerald zu haben. Ich würde ihm das später sagen und mich für meinen Ausrutscher entschuldigen. So was war mir noch nie passiert. Der Heilige Abend überforderte mich eindeutig.

Plötzlich sah ich das nächste Weihnachtsfest vor mir: Mein Vater und ich sind an zwei Stühle gebunden, damit wir nicht weglaufen können. Ich habe auch Alzheimer. Man weiß ja, dass sich die Krankheit vor allem von den Vätern auf die Töchter überträgt. Na ja, jedenfalls feiert die ganze Familie und singt ausgelassen Weihnachtslieder. Wir gucken den anderen beim Feiern zu und wissen nicht mehr, wer und wo wir sind. Todesangst hält uns umklammert. Es ist heiß und stickig, und wir sind durstig, aber dass wir durstig sind, wissen wir ja auch nicht mehr. Dann klingelt es, und die Pfleger holen uns wieder ins Heim zurück. Im Flur sagen sie: Na, wo sind denn unsere Pappenheimer? Dann kommen sie und tragen uns in den bereitstehenden Transporter. Das ist schon heftig, wenn's gleich noch die Tochter mit erwischt, sagt ein Pfleger zum anderen.

Ich stöhnte bei der Vorstellung laut auf und schüttelte mich. Ich hatte wirklich zu viel getrunken.

»Was machst du da, Gundula?«

Gerald stand am Fuß der Treppe und guckte zu mir hoch. Sein Gesichtsausdruck verhieß nichts Gutes.

»Nichts.«

»Das sehe ich. Verdammt noch mal, jetzt komm endlich runter! Ich steh da unten ganz allein auf weiter Flur!«

Ich stand also langsam auf und schleppte mich die Treppe hinunter.

»Na, streitet ihr wieder?« Ricarda und Rolfi waren in den Flur gekommen und suchten die Hundeleinen.

Ich schüttelte den Kopf. »Ich hab noch ein bisschen mit Oma Ilse geredet.«

»Deswegen siehst du so fertig aus«, sagte Ricarda wenig mitfühlend. »Wir gehen mit den Hunden raus, okay?«

»Wieso geht ihr denn mit den Hunden raus?« Gerald war völlig konsterniert. »Das wäre ja das erste Mal!«

»Ihr lasst uns nur nie«, sagte Rolfie.

Das war natürlich Blödsinn.

»Sie gehen mit den Hunden raus, weil sie dann ungestört rauchen können«, sagte ich, einer plötzlichen Eingebung folgend.

»Weil sie was?« Gerald starrte mich an.

»Kleiner Scherz«, sagte ich, obwohl ich mir nicht so sicher war. Ich dachte an das zusammengeknüllte Päckchen in Rolfis Zimmer.

»Ihr raucht?«, wollte Gerald aufgebracht wissen. »Warum sagt mir das keiner?«

»Gerald, es war ein Scherz, jetzt beruhige dich!«

Ich gab Ricarda die Leinen. Ich schwöre, so schnell waren unsere Kinder noch nie von der Bildfläche verschwunden. Ich hatte wohl ein sensibles Thema angesprochen.

»Gundula, ich finde es nicht richtig von dir, mich bei solchen Familienthemen immer auszuschließen!«

Ich schaute ihn fragend an.

»Ja. Und in dem Fall wäre es mir sehr lieb, wenn ich da ein Wörtchen mitreden dürfte. Du bist in Erziehungsfragen zu lasch. Wenn die Kinder rauchen, müssen wir das mit ihnen ausdiskutieren.«

»Ja, Gerald, machen wir, aber nicht heute.« Ich ließ ihn einfach stehen und ging zu den andern ins Wohnzimmer. Natürlich würde mir Gerald jetzt wieder vorwerfen, dass ich mich um ernste Gespräche drückte. Aber ich wollte nur noch eines: feiern, solange ich noch wusste, wie das geht.

28.
Kapitel

»Hadi!« Roses Schrei gellte durchs Wohnzimmer.

Hans-Dieter, der sich einen Sessel in die Nähe der Heizung gerückt und sich entschieden hatte, sein Buch im Stillen zu lesen, weil ihm sowieso niemand zuhörte, sprang auf. »Rose!« Dann sank er neben ihr auf die Knie und nahm ihre Hand. »Rose, was ist, sag doch was!«

»Nein!« Rose klammerte sich an ihren Mann und richtete sich schnaufend auf.

»Autsch, nicht an mir festhalten, meine Bandscheiben!« Mein Bruder versuchte, sie loszuwerden, aber sie klammerte weiter und sagte dann mit aufgerissenen Augen den Satz des Abends: »Wir haben die Christmesse verpasst!«

»Wieso, es ist doch erst elf.«

»Aber wir müssen noch mit der U-Bahn hinfahren und kennen nicht mal den Weg!«

Hans-Dieter drehte sich zu mir um: »Gundel, hilf uns, wir müssen sofort los!«

»Kein Problem«, sagte ich und nahm noch einen

Schluck. Ich würde mir jetzt einen schönen Abend machen. Der Rum schmeckte herrlich, mir wurde ganz warm ums Herz.

»Was willst du damit sagen? Kein Problem.«

»Wenn ihr sofort losmüsst, müsst ihr sofort los, ich hab damit kein Problem, vorausgesetzt, ihr findet allein wieder zurück.«

»Wir finden doch nicht mal allein hin!« Rose war bleich wie eine Wand. Sie würde sowieso mitten in der Christmesse kollabieren.

»Meine Güte, gibt es heute auch noch ein anderes Thema als diesen Kirchenbesuch? Singen könnt ihr doch auch hier!« Das war Susanne. Sie hatte ein altes Fotoalbum gefunden und versuchte, das Hirn meines Vaters wiederzubeleben, indem sie es mit ihm durchblätterte. Ich war skeptisch, was diese Methode betraf, aber er wirkte sehr zufrieden und sah sich die Bilder gern an.

»Es geht nicht ums Singen, Susanne«, sagte Rose, und ihre Stimme hatte einen belehrenden Unterton. »Es geht darum, dass der liebe Gott uns sieht.«

»Der sieht euch auch hier.«

Gerald war mit einer neuen Flasche Whiskey ins Wohnzimmer gekommen und hielt sie seiner Mutter hin.

»Mein Lieblingswhiskey! Schön, dass du dir das gemerkt hast! Edgar, den musst du kosten!«

»Na, wenn Sie das sagen, dann werde ich mich wohl fügen müssen ...« Er schmunzelte.

»Edgar, du musst mich nicht ständig siezen, wir kennen uns seit vierzig Jahren.«

Dann wandte sie sich an mich: »Ich weiß bei ihm immer nicht, ob er spielt oder es ernst meint.«

»Ich glaube, es ist ernst, Susanne. Er kennt dich wirklich nicht mehr, aber er mag dich und findet es schön hier. Das ist ja die Hauptsache.«

»Wie grauenvoll. Der arme Mann. Man sieht ja, wie er jetzt aufblüht, wo sie mal nicht da ist.«

»Gundula, also ihr könnt uns bestimmt nicht zur Kirche fahren?«

Rose war hinter mich getreten und zupfte an meiner Bluse. Wie penetrant darf man sein, fragte ich mich.

»Nein, Rose, wir können euch nicht fahren, wir wollen euch auch nicht fahren. Lasst uns endlich mit der Scheiße in Ruhe.« Das kam nicht von mir, sondern von meinem Mann. Ich lächelte.

Aus dem CD-Player quäkte noch immer Helene Fuscher: »Mir schenkst du Rosen, aber ihr schenkst du deine Zärtlichkeit –«

Rose hatte sich vor Schreck hingesetzt. Jetzt bekam sie wieder nasse Augen.

»Gerald«, sagte ich. »Wie redest du denn?«

»Ich habe keine Lust mehr. Ich will jetzt endlich auch mal Weihnachten feiern!« Er schrie fast. Zum Glück waren die Kinder nicht da.

»Ich denke, du magst Weihnachten nicht?«, sagte ich.

»Nein, ich mag es auch nicht, aber jetzt bin ich nun

mal mittendrin und komm nicht mehr raus, und dann kann ich gleich richtig mitfeiern!«

Er sah Rose an, die einen neuen Anlauf nahm und den Mund öffnete.

»Und nein! Ich fahre euch nicht zur Kirche!«, schrie er. »Was guckst du mich so an?«, schob er giftig nach. Damit meinte er mich.

»Ich? Ich gucke gar nicht.«

»Natürlich guckst du. Du starrst!«

»Ich werde ja wohl meinen Mann angucken dürfen«, erwiderte ich und nippte an meinem Glas.

»Ich denke, ich bin nicht mehr dein Mann! Du guckst mich schon den ganzen Abend an, als wäre ich ein Stück Scheiße!« Schon wieder dieses Wort, dachte ich.

»Gerald!«, rief Susanne. »Was ist denn mit dir los?«

»Ich will nicht mehr! Ich habe die Schnauze gestrichen voll! Diese ewige Meckerei geht mir so was von auf den Sack!«

»Ich meckere nicht. Wenn hier einer meckert, bist du's, Gerald.«

»Da! Schon wieder. Lass mich endlich in Ruhe!« Er rannte nach draußen, nicht ohne dem Tornadobaum noch einen ordentlichen Tritt zu verpassen. Einige Türkenkugeln zerplatzten auf dem Boden, dann kippte der Baum einfach um.

Rose und Hans-Dieter starrten Gerald mit schreckgeweiteten Augen hinterher. Die beiden waren kalkweiß.

»Wie alt sind Sie jetzt eigentlich, gnädige Frau?«

Mein Vater ließ sich von den äußeren Geschehnissen nicht beeindrucken. Er schien wirklich Gefallen an seiner Schwägerin gefunden zu haben. Vielleicht erinnerte er sich aber auch an ihre alten Zeiten.

»Edgar, lass mal gut sein. Mein Sohn hat gerade einen Nervenzusammenbruch.« Susanne war erstarrt, nur ihre Lippen zitterten leicht.

»Sie haben Ähnlichkeit mit jemandem, den ich sehr gut kenne.« Er ließ nicht locker.

»Neunundsiebzig«, sagte Susanne auf seinen beharrlichen Blick hin.

»Was meinen Sie mit neunundsiebzig? Aah«, er lächelte schelmisch. »Ich habe es erraten. Ihre Glückszahl?«

»Nein, mein Alter. Und jetzt hör auf, mich immer zu siezen, Edgar. Du machst mich vollkommen verrückt.«

»Oh. Also neunundsiebzig Jahre alt«, sagte mein Vater. Er sah aus, als hätte er sich eine andere Zahl erhofft. »In dem Alter waren meine Eltern schon lange tot.«

»Edgar, lass mich jetzt einfach mal. Jeder Spaß hat ein Ende.«

»Waren wir schon beim Du?«

Susanne sah mich an. »Hat er das öfter?«

»Wer jetzt?«

»Na, Gerald natürlich.«

»Ehrlich gesagt, habe ich Gerald noch nie so erlebt.« Ich stand auf, um den Weihnachtsbaum wieder aufzurichten. Überall lagen Tannennadeln und Scherben auf dem Teppich verstreut. »So ein Chaos.« Ich machte alles ganz mechanisch.

Ich glaube, ich hatte einen kleinen Schock von Geralds Auftritt davongetragen.

»Am Ende führen alle Wege nach Rom«, sagte Susanne.

»Was hat denn Gerald mit Rom zu tun?«

»Gerald speziell jetzt nichts, aber man muss im Leben auch mal abstrahieren können.«

»Versteh ich nicht«, sagte ich.

»Man muss den Krieg miterlebt haben, um das zu verstehen.«

»Ach so«, sagte ich.

»Wir gehen jetzt.« Rose und Hans-Dieter standen auf und gingen zur Tür. »Das hat uns jetzt zu sehr aufgewühlt. Wir brauchen frische Luft, um das alles zu verarbeiten.« Hans-Dieters Stimme zitterte.

»Hans-Dieter, jetzt reg dich ab«, sagte ich. »Geralds Anfall hatte nichts mit euch zu tun, sondern mit mir.«

»Das ist doch egal. Schön ist so was nicht. Schon gar nicht am Heiligen Abend.«

»Wir machen eine kleine Runde ums Karree«, sagte Rose. »Gundel, kann ich deine Mütze ausleihen? Mir ist das sonst zu kalt. Und Hadi bräuchte auch eine und einen Schal, sonst bekommt er's wieder mit den Nebenhöhlen.«

»Habt ihr nichts Eigenes dabei?«

»Doch, schon«, sagte Rose, »aber ich möchte jetzt nicht noch nach oben an den Koffer. Hauptsache, Hans-

Dieter fängt sich nach der ganzen Aufregung hier nicht noch was ein.«

»Nein«, sagte ich. »Ich verleihe nichts. Nie. Und ich hab jetzt wirklich anderes zu tun, als euch einzukleiden.«

Ich lief in die Küche, um Schaufel und Besen zu holen.

Rose und Hadi drehten sich wortlos um und verließen das Haus. Ohne Mützen und Schals. Aber mit langen Gesichtern.

29.
Kapitel

Als ich unter dem Weihnachtsbaum kniete, um die Scherben einzusammeln, klingelte es an der Tür. Ricarda und Rolfi mit den Hunden. »Wir haben den Schlüssel vergessen!«, rief meine Tochter. Ich witterte Rauchduft an ihnen. Ich beschloss, am ersten Weihnachtsfeiertag ein paar Bilder über Zungen- und Lungenkrebserkrankungen aus dem Internet auszudrucken und ihnen morgens neben ihr Frühstücksei zu legen. Diskutieren ist nicht meine Stärke, da verlier ich meistens den Überblick. Aber eindrucksvolle Bilder haben oft durchschlagenden Erfolg.

Wahrscheinlich werden Sie jetzt denken, was für eine Rabenmutter!

Aber ich bin da anderer Meinung. Eine heftige Reaktion ist mir lieber als gar keine. Natürlich kann man jahrelang mit den Kindern über das Für und Wider bestimmter Experimente diskutieren, so wie Gerald das immer vorschlägt, aber das dauert mir zu lang. Ich erlebe erzieherische Erfolge lieber auf der Stelle.

»Wir haben vorhin Papi gesehen. Er hatte gar keinen

Mantel an und rannte an uns vorbei, als hätte er uns nicht gesehen«, sagte Ricarda. »Habt ihr euch wieder gestritten?«

»Nicht schlimmer als sonst.« Was so nicht stimmte.

Ich nahm ein paar Chipstüten für den Mitternachtssnack aus dem Schrank und verteilte sie in kleine Schüsseln, die ich auf den Tisch stellte. Mein Vater war schon wieder völlig ausgehungert. Er schob sich den Mund voll und kaute mit geschlossenen Augen genüsslich vor sich hin. Wahrscheinlich hatte er seit Jahrzehnten keine Chips mehr gegessen, meine Mutter achtete streng auf seine Ernährung. Ricarda setzte sich neben ihn und guckte ihm über die Schulter. Das aufgeschlagene Familienalbum lag noch immer auf seinem Schoß.

»Guck mal, Rolfi, das bist du als Baby! Richtig niedlich.«

»Ihr wart alle niedlich! Gott, wart ihr niedlich«, sagte Susanne. »Und Matz und Rolfi sahen aus wie ihr Vater.«

Das fand ich eigentlich nicht. Und das ist, unter uns gesagt, ein ziemliches Glück. Gerald wiegt ungefähr hundert Kilo, trägt eine Brille, hat nur noch einen schütteren Haarkranz, und sein Gesicht ist immer leicht gerötet. Eigentlich passen wir ziemlich gut zusammen. Ich bin auch nicht gerade das, was man in landläufigem Sinn eine Schönheit nennt. Auch ich leide unter Altersweitsicht und kann, wenn ich meine Brille vergessen habe, nicht mal mehr allein einkaufen gehen. Dabei bin ich erst siebenundvierzig, aber das ein oder andere

Zipperlein macht sich doch langsam bemerkbar. Ich kann zum Beispiel keine hohen Schuhe mehr tragen; wenn ich den ganzen Tag auf den Beinen war, sehen die am Abend aus wie bei einer Elefantenkuh. Mein Arzt empfiehlt mir Stützstrümpfe, aber ohne Diagnose auf Thrombose zahlt die Krankenkasse nicht.

Auch wenn das jetzt vielleicht deprimierend klingt, sehe ich die Sache eigentlich sehr positiv. Denn wenn man, so wie ich, nie eine Schönheit war, wird man im Alter eher ansehnlicher, weil die Falten dem Gesicht ein bisschen Charakter geben. Und weil ich keine kurzen Röcke mehr trage, fällt niemandem auf, wie meine Beine darunter aussehen. Außerdem trägt Gerald nachts keine Brille, und ohne Brille sieht er nichts. Wobei ich sagen muss, dass er sich auch mit Brille nichts aus Sex macht.

Neulich habe ich gehört, dass es jetzt eine Viagrapille für Frauen geben soll. Aber Gerald meint, dass das bei uns nichts nützt, wenn er kein Viagra für Männer nehmen würde. Und da er die nicht nehmen dürfe, weil sich das mit seinem Mittel gegen Bluthochdruck nicht verträgt, würde das wohl nichts.

Es sind eher diese Momente der Phantasielosigkeit, die mich ziemlich traurig machen. Wo ich mir manchmal schon wünschen würde, einen wilden Stier zum Mann zu haben. Einen rassigen Spanier oder den Amerikaner aus meinem Traum, der mir nur die Hand auf die Schulter legen muss, damit ich zerfließe.

Aber man kann nicht alles haben, und Gerald ist,

wie gesagt, wenigstens einigermaßen verlässlich. (Das heißt, solange er nicht im Haushalt helfen muss.)

Ich setzte mich zu den anderen auf die Couch und hatte auf einmal ganz furchtbare Sehnsucht nach ihm.

Susanne beobachtete mich besorgt. »Hoffentlich tut er sich nichts an.«

Rolfi schaute auf. »Wer?«

»Euer Vater. Er war schon immer so empfindsam.« Sie sah mich an. »Und ich finde, dass du dich ihm gegenüber nicht gerade besonders feinsinnig benimmst, Gundula. Das muss mal gesagt sein. Du bist manchmal genauso eine Dampfwalze wie deine Mutter.«

Ich schluckte.

»Also, das ist jetzt gar nicht böse gemeint, aber bei dir dreht sich doch auch alles immer nur um dich.«

»Susanne, das kannst du doch überhaupt nicht beurteilen.« Ich wollte ihr das Feld nicht ohne Weiteres überlassen.

»Es gibt Telefon, liebes Kind. Und Gerald hatte schon immer ein sehr enges Verhältnis zu mir.«

Er hatte also gepetzt. Er hatte seine Mami angerufen, um sich über mich zu beschweren. Das war unglaublich.

»Hat er dich angerufen?«

»Nein. Er telefoniert ja nicht so gern. Ich habe ihn angerufen, weil ich einen guten Instinkt habe, was meinen Sohn betrifft.«

»Und? Was hat er gesagt?«

»Nicht viel. Aber das sagt bei ihm schon alles.«

In dem Moment beneidete ich meinen Mann. Nicht, dass ich gern eine Mutter wie Susanne gehabt hätte. Aber jemanden, der merkt, wenn man traurig ist, hätte ich schon gern.

»Es ist aber auch nicht einfach. Vielleicht ist es ja das Alter.«

»Tja, Gundula, dann ist es an der Zeit, dass du dich kümmerst, sonst hast du Gerald nicht mehr lange.«

»Tut er sich jetzt was an?« Ricarda schien sich ernsthafte Sorgen zu machen.

»Nein. Aber früher oder später wird er eure Mutter verlassen, wenn sie so leichtfertig mit ihm umgeht.«

»Na, er könnte mich auch ein bisschen mehr unterstützen ... zum Beispiel, wenn ich Stress habe, dass er mir mal bei irgendwas hilft, das ist schon sehr belastend für mich.« Das klang alles wenig überzeugend. Susanne und die Kinder sahen mich groß an und warteten auf ein besseres Beispiel.

»Das klingt jetzt nicht allzu schlimm, Mama«, sagte Ricarda.

»Also, zum Beispiel hatte ich ziemlichen Stress vor Weihnachten ...«

»Aber Liebes, was hattest du denn für einen Stress?« Susanne richtete sich auf und sah mich an, als hätte ich einen schlechten Witz gemacht.

»Na ja ... Die Weihnachtsvorbereitungen, das ist doch immer ziemlich viel so auf den letzten Drücker ...«

»Es gab ja noch nicht mal ein ordentliches Essen!«

»Nein, das meine ich ja gar nicht, das ...«

»Meinst du den Weihnachtsbaum?«

»Auch.«

»Aber den hat doch Gerald aufgestellt.«

»Na ja, schon, aber der Baum ist ja nicht das Einzige ...« Mir fiel in dem Moment beim besten Willen nicht ein, was ich die letzten Tage über gemacht hatte. Ich begann zu schwitzen. Ich hasste Susanne dafür, dass sie mich so auflaufen ließ. Immerhin hatte sie sich wie jedes Jahr selbst eingeladen.

»Mami hat den Christbaum geschmückt«, sagte Rolfi.

»Ach so, natürlich. Der ist ja auch sehr hübsch, der kleine Baum.« Susanne legte den Kopf schief und betrachtete die Überreste unseres Tornadoopfers. Dann setzte sie nach: »Wie gut, dass ihr in der heutigen Zeit lebt. Früher war das alles viel komplizierter. Da hätte Weihnachten unter diesen Umständen gar nicht stattgefunden. Da durfte nichts schiefgehen.« Sie sah mich vielsagend an. »Da gab es keinen Pizzaservice und keinen Türken, der in letzter Minute für Kugeln sorgte!«

Irgendwann begann Susanne immer von den alten Zeiten zu erzählen und hörte dann nicht mehr auf. Ich ließ es geschehen.

»Ich erinnere mich daran, wie wir einmal bei einem Weihnachtsfest die Bewohner der ganzen Straße zu uns eingeladen haben. Die Straße war ausgebombt, und unser Haus war das einzige, das noch stand. Sie hatten alle ihre Bleibe verloren, und wir nahmen sie Heiligabend bei uns auf. Wir hatten nur rohe Kartoffeln zu essen, die ich mit meinem Bruder stundenlang von einem Feld geklaubt hatte.« Sie wandte sich an Ricarda und Rolfi. »Früher halfen die Kinder noch mit. Jedenfalls teilten wir auch die letzten paar Kartoffeln mit ihnen.«

»Wieso roh?«, fragte Ricarda. Schlaues Kind.

»Wie bitte?«

»Wieso die Kartoffeln roh waren.«

»Weil wir kein Feuer machen konnten, Schätzchen. Wir hatten keine Streichhölzer.«

»Rohe Kartoffeln sind giftig«, sagte ich.

»Im Krieg isst man alles, auch rohe Kartoffeln. Und dann liegt man nächtelang wach und betet, dass man trotzdem überlebt. Manche Leute haben auch Käfer und Würmer gegessen, da gab es gar keine Diskussion. Das könnt ihr euch heute gar nicht mehr vorstellen.« Sie nahm eine Handvoll Chips und schaute uns herausfordernd an.

»Ich will mir das gar nicht vorstellen. Ist doch scheiße, da denk ich lieber an was Schönes«, sagte Ricarda. Meine gute Tochter.

Susanne rümpfte die Nase. »Na ja, das kann ich mir vorstellen, Ricarda. Aber damals ging es ums nackte Überleben.«

»Heute können aber Weihnachtsfeste auch an die Substanz gehen«, sagte ich abschließend. Dann stand ich auf, um Gerald wieder einzufangen. Ich hatte keine Lust mehr auf Susannes Kriegstagebücher.

30.
Kapitel

Gerald ist Einzelkind, und das sagt schon alles über ihn. Er wird nie etwas anderes sein als ein Einzelkind. Obwohl er drei Kinder gezeugt hat, wird er für immer und ewig das Einzelkind unserer Familie bleiben.

Am glücklichsten ist er, wenn sich alles um ihn dreht. Er nennt sich selbst einen »genügsamen Menschen«. Dass er mir mit seiner Genügsamkeit den letzten Spaß am Leben raubt, kann er nicht verstehen. Früher war er kreativer, da sind wir dann schon mal samstags gemeinsam zum Familieneinkauf gefahren oder haben zusammen die Blumen für den Garten ausgesucht.

Das interessiert ihn jetzt nicht mehr. Das Einzige, was ihn wirklich interessiert, ist die Anzahl der Tage bis zu seiner Pensionierung. Es sind nach jetzigem Stand noch 5196. Das weiß ich so genau, weil Gerald eine Strichliste im Schlafzimmer angebracht hat. Die ganze Wand am Fußende unseres Bettes ist voll mit Strichen und Kreuzchen. Jeden Morgen beim Aufwachen und jeden Abend beim Einschlafen gucke ich auf Geralds

Strichliste. Das macht aus mir jetzt auch nicht wirklich einen fröhlicheren Menschen.

Trotzdem wage ich zu behaupten, dass er mit seinem Leben im Großen und Ganzen zufrieden ist. Nicht glücklich (wer ist schon glücklich!), aber zufrieden. Noch zufriedener wäre er wahrscheinlich, wenn er eine Frau hätte, die genauso lethargisch wäre, wie er es ist. Aber das bin ich nun mal nicht. Ich bin Sternzeichen Zwilling, Aszendent Fisch. Er ist Krebs, Aszendent Krebs. Nicht dass ich normalerweise viel auf Sternzeichen gäbe, aber bei Gerald stimmt das einfach. Er ist Krebs vom Scheitel bis zur Sohle!

Gerald ist Susannes Zuckerjunge, ihr Ein und Alles. Es war anfangs, zu Beginn unserer Ehe, nicht gerade leicht für mich, das können Sie mir glauben. Susanne füllte alles aus bei ihm. Sie brauchte Geralds Liebe für sich allein.

Susanne konnte mich vom ersten Augenblick an nicht ausstehen. Sie hatte sich für ihren Sohn schon was Ansehnlicheres gewünscht, an mir gefiel ihr rein gar nichts. Vielleicht ist das auch einer der Gründe, warum ich Gerald nie mehr losgelassen habe. Ich hätte Susanne den Triumph über eine Trennung nicht gegönnt.

Nach der mittleren Reife machte Gerald in Bremen eine Ausbildung im mittleren Dienst beim Finanzamt. Das fanden meine Eltern nicht so toll. Aber sie waren Kummer gewohnt, denn ich wurde Sekretärin bei der Filmfirma, und Hans-Dieter lebte bis zu seinem dreißigsten Lebensjahr in der Mansarde unseres Elternhauses und wartete darauf, dass jemand seine enorme schriftstellerische Begabung entdeckte.

Jetzt stand ich in der Dunkelheit vor unserem Haus. Ich hatte mir meinen Mantel geschnappt und die Gäste Gäste sein lassen. Warum zum Teufel regnete es schon wieder in Strömen? Ich war in kürzester Zeit klatschnass. Vor mir erstreckte sich die Straße wie ein träger, schwarz glänzender Wurm, links und rechts gesäumt von kleinen Siedlungshäuschen. Hinter den meisten Fenstern war es bereits dunkel. Alle anderen hatten sicher das Weihnachtsfest harmonisch hinter sich gebracht und lagen nun glücklich in ihren Betten. Ich war bestimmt die einzige Frau hier, die mitten in der Nacht durch den strömenden Regen lief, um ihren entflohenen betrunkenen Mann zu suchen.

Und doch hatte Geralds Flucht etwas Besonderes, ja, etwas Gutes, stellte ich fest. Als sei durch seinen Ausraster ein Knoten geplatzt. Was nun weiter geschehen würde, wusste ich nicht, aber es schien, als wäre er aus seiner Lethargie erwacht.

Gerald war noch nie von zu Hause weggerannt. Normalerweise setzte er sich bei Missstimmungen mit seinen Kopfhörern ins Wohnzimmer und verschanzte sich hinter seiner Zeitung. Einmal hatte er sogar versucht, sich mit dem Kopfhörer über den Ohren an den Abendbrottisch zu setzen, hatte ihn aber irgendwann abgenommen, weil ich ein Riesentheater machte und mein Geschrei wahrscheinlich sogar Heino übertönte.

Die Straße machte einen kleinen Schlenker, und an

ihrem Ende sah ich jetzt die Straßenlaternen beim Einkaufszentrum. Erst jetzt fiel mir auf, dass ich gar nicht wusste, wo ich nach Gerald suchen sollte.

Ich beschleunigte meine Schritte. »Gerald!«

Langsam wurde mir richtig kalt. Ich war bis auf die Haut durchnässt, und mein Atem bildete kleine Nebelwölkchen vor meinem Gesicht.

»Gerald!«

Zum Glück war um diese Uhrzeit keiner mehr auf der Straße. Wenn mir jemand entgegenkäme, würde ich einfach sagen, ich suchte nach meinem kleinen braunen Hund. Ich meine, welche erwachsene Frau rennt schon am Heiligen Abend und bei strömendem Regen auf der Suche nach ihrem entlaufenen Mann durch die Straßen?

»Gerald!«

Ich näherte mich dem Einkaufszentrum. Keine Menschenseele weit und breit. Die Straßenlaternen tauchten den leeren Parkplatz in fahles Licht. Wenn ich nicht auf der verzweifelten Suche nach meinem Mann gewesen wäre, hätte ich mich spätestens jetzt zu Tode gegruselt. Kein Geräusch außer meinem keuchenden Atem und dem Prasseln des Regens auf dem Metalldach des Gebäudes.

Ich lief einmal um das Einkaufszentrum herum und dann auf die einzige Kneipe in unserem Viertel zu, den »Bierpinsel«. Ich weiß auch nicht, warum, es war schon von Weitem zu sehen, dass sie geschlossen hatte, aber irgendetwas zog mich an.

Und wirklich. Als ich mich näherte, sah ich eine dunkle Gestalt vor der Eingangstür der Kneipe kauern.

»Gerald?«

Ich näherte mich vorsichtig. Die Gestalt bewegte sich.

»Gerald, bist du's?«

»Ja, wer sonst. Der Weihnachtsmann vielleicht?« Er hatte seinen Humor nicht verloren.

»Was machst du da?«

»Ich denke nach.«

»Wieso denn hier draußen?«

»In meinem Haus ist kein Platz für mich.«

»Gerald, komm jetzt nach Hause. Hier kannst du nicht bleiben, wir holen uns beide den Tod.«

»Du musst nicht hierbleiben.«

»Ich lass dich doch hier nicht allein.« Ich setzte mich neben ihn auf den Türvorleger. »Was machst du hier?«

»Ich versuche, einen klaren Gedanken zu fassen.«

Ich sah ihn an. »Worüber denn?«

»Über uns.«

Stille.

»Und?«

»Was?« Er sah unendlich traurig aus.

»Was ist mit uns?«

»Vielleicht ist unsere Ehe wirklich am Ende. Vielleicht … Also manchmal weiß ich mir keinen Rat mehr, und vielleicht wäre es besser für alle, wir würden …«

»Hast du eine andere?« Ich sah plötzlich Heerscharen von Frauen mittleren Alters mit Plakaten vor unserem Haus auf und ab gehen. Auf den Plakaten waren ihre vergrößerten Gesichter abgebildet, und darunter stand in Leuchtschrift: »Ich kann kochen!«, »Ich bin eine gute Mutter!«, »Ich bin immer ausgeglichen«, »Ich liebe täglichen Sex«, und alle skandierten im Chor: »Wir wollen Gerald, wir wollen Gerald!«

Er sah mich von der Seite an und sagte: »Gundula, findest du nicht, du machst es dir ein bisschen einfach, wenn du jetzt die eifersüchtige Ehefrau spielst?«

Ich musste an die Sexgöttinnen mit dem Plakat denken. »Wir hatten vor genau 1497 Tagen das letzte Mal Sex«, platzte es aus mir heraus.

»Was?«

»Ich sagte, wir hatten vor genau …«

»Das habe ich schon verstanden, aber wieso weißt du das so genau?«

»Weil ich jeden Morgen und Abend deinen Kalender vor der Nase habe. Du zählst das Ende deiner beruflichen Laufbahn und ich das Ende meiner Weiblichkeit.«

»Du übertreibst, Gundula. Es waren höchstens zwei Jahre.«

»Ach, wenn es nur zwei Jahre wären, dann wäre es ja nicht so schlimm …« Ich musste plötzlich lachen, und Gerald lachte ein bisschen unsicher mit. Dann sahen wir uns an.

»Was ist bloß mit uns passiert?«, fragte ich.

»Ich weiß es nicht. Das ist es eben. Es ist nicht deine Art, dich über etwas zu beschweren. Das finde ich ja auch so toll an dir. Ich habe einfach das Gefühl, dass ich euch allen zu wenig biete. Und dass ich langweilig und uninteressant bin. Du lässt mich das schon manchmal spüren.«

»Dabei würde ich so gern mehr mit dir reden.« Ich sah ihn mit großen Augen von unten an.

»Meine Arbeit interessiert dich doch gar nicht.«

Und plötzlich sah ich es in Geralds Augen verdächtig glänzen.

»Was ist mit dir, Gerald? Warum guckst du so komisch?«

»Ach, nichts.« Er wischte sich mit dem regennassen Ärmel über die Augen.

»Du weinst ja!«

»Du warst immer mein Ein und Alles. Aber gerade habe ich das Gefühl, dass du dich überhaupt nicht mehr für mich interessierst, dass es dir egal ist, ob ich da bin oder nicht ...«

»Aber Gerald! Du redest nie mit mir. Alles, was ich sage, scheint dich nicht zu interessieren.«

Gerald atmete tief ein. »Wenn wir nur die Zeit zurückdrehen könnten.«

»Weißt du noch«, sagte ich, »wie sehr wir uns früher an den Kindern gefreut haben? Als sie noch klein waren?«

»Wir können uns doch jetzt auch an ihnen freuen.«

»Ja, aber jetzt haben sie langsam ihr eigenes Leben und wollen ihre Ruhe.«

»Ich glaube, sie brauchen uns genauso wie früher.

Aber weil wir den Kopf so voll mit uns haben, kümmern wir uns nicht genügend um sie.«

Ich dachte an das Haschklümpchen in Rolfis Zimmer.

»Aber immer wenn ich mit dir über die Kinder reden will, sagst du, ich würde alles falsch angehen …«

»Weil du immer erst mit mir über sie redest, wenn das Kind schon in den Brunnen gefallen ist.«

»Wie meinst du das?«

»Erinnerst du dich zum Beispiel an die Fotos mit den Brandopfern, die du Matz mal vor die Nase gehalten hast, als er angefangen hat, mit Feuer zu spielen? Du hast das Kind mit deinen Fotos regelrecht traumatisiert.«

Ich dachte an mein Vorhaben, den beiden Großen Bilder von Raucherbeinen neben ihre Frühstückseier zu legen.

»Ich mache alles falsch, Gerald.«

»Du musst mich nur an der Familie teilhaben lassen. Dafür bin ich doch da.« Er sah mich treuherzig an. »Ich bin doch dein Mann! Und dann regeln wir das gemeinsam.«

Ich lehnte meinen Kopf an seine Brust, und er nahm mich in seine Arme.

»Gundula?«

»Ja?«

»Sag mal ganz ehrlich. Glaubst du, wir schaffen das?«

»Ja, Gerald. Das glaube ich ganz fest.«

31.
Kapitel

Hand in Hand liefen wir durch den Regen zu unserem Haus zurück. Wir hatten keine Eile, und wir froren nicht. Ich war lange nicht mehr so glücklich und zuversichtlich gewesen. Und Gerald hatte die ganze Zeit über ein kleines Lächeln auf seinen Lippen.

Zu Hause wurden wir schon ungeduldig von Susanne erwartet, die mutterseelenallein und lavendelfarben auf dem Sofa saß. »Wo seid ihr denn gewesen?«

»Wir sind gleich wieder da, wir müssen uns nur rasch umziehen!«, sagte ich und zog Gerald mit mir.

»Wie seht ihr überhaupt aus? Ihr seid doch keine Kinder mehr!«

»Doch!«, riefen wir wie aus einem Mund und rannten die Treppe zum Schlafzimmer hoch.

Oben angekommen, rissen wir uns die nassen Kleider vom Leib und sahen uns an. Langsam gingen wir aufeinander zu. Gerald strich mir die nassen Haare aus dem Gesicht und sagte: »Schön bist du, Gundel.«

Eine halbe Stunde später kehrten wir ins Wohnzimmer zurück. Insgeheim hatten wir gehofft, dass Susanne schon ins Bett gegangen war, aber sie dachte gar nicht daran.

»Was ist das hier eigentlich für ein Benehmen? Ich sitze hier stundenlang allein herum, Ricarda ist auch schon ins Bett gegangen, und Rolfi hält sich vor mir versteckt.«

»Du kannst doch auch schlafen gehen, Susanne«, sagte ich. Ich hatte keine Lust mehr, mich weiter mit der Familie auseinanderzusetzen. Ich wollte mit Gerald allein sein.

»Wo ist mein Vater?«

»Ilse hat ihn geholt, weil sie schon ahnte, dass du es nicht schaffst, ihn ins Bett zu bringen. Das hat sie wörtlich gesagt«, fügte sie hinzu. »... ich zitiere nur.«

Sie betrachtete mich argwöhnisch. »Na, hast du dir was anderes angezogen? Das vorhin war doch viel netter!«

»Ich find's schön«, sagte Gerald und strich mir eine Haarsträhne aus dem Gesicht.

Susanne sah an sich herunter und schob mit geübtem Griff ihre abgesakten Brüste wieder in Position. »Na ja, mir soll's egal sein. Wie findest du eigentlich mein Kleid, Geraldschatz? Blau magst du doch so gern?« Sie lallte ein bisschen.

»Kommt drauf an, ob noch was Blaues drinsteckt«, hörte ich mich sagen und erschrak über meine ungeahnte Schlagfertigkeit.

»Was meinst du damit, Kind?« Susannes Augen verengten sich gefährlich und Gerald erbleichte. Zum Glück kam mein Vater in dem Moment ins Wohnzimmer zurück und ließ sich wieder neben Susanne aufs Sofa fallen. »Wo ist denn der junge Mann, der vorhin so schöne Musik gemacht hat?«

Gerald und ich sahen uns an und mussten lachen.

»Wenigstens scheint ihr euren Spaß zu haben. Schön für euch«, sagte Susanne und beobachtete uns finster.

»Ja, stell dir vor, Susanne, wir haben Spaß!«, sagte ich angriffslustig.

»Sag mal, Kindchen, was ist denn auf einmal in dich gefahren? So kenn ich dich ja gar nicht. Pass auf, dass du nicht wirst wie deine Mutter! Im Alter werden Töchter ihren Müttern oft sehr ähnlich. Sie merken es aber oft erst, wenn es zu spät ist.«

Mein Vater starrte feindselig auf den Weihnachtsbaum. Er schien ihm plötzlich nicht mehr zu gefallen.

»Was soll eigentlich dieses scheiß Gequatsche.«

Ich traute meinen Ohren nicht. Die Familie hatte einen schlechten Einfluss auf ihn. »Papi!«

»Na, ist das ein Scheißgequatsche oder nicht? Ich weiß nicht, wie ich das anders nennen sollte … Mir brummt schon der Schädel von dem ewigen Krach bei euch. Früher gab's da ein paar hinter die Ohren.«

»Wann?«

»Wenn jemand Widerworte gab.«

»Ach so«, sagte ich und sah Gerald an. Er grinste und zuckte mit den Schultern.

»Ich wäre jetzt wirklich gern mit dir allein, Gerald«, flüsterte ich ihm zu. Aber Susanne hatte mich trotzdem gehört.

»Tut euch keinen Zwang an. Aber ich muss ja hierbleiben. Ich soll ja im Wohnzimmer auf der Couch schlafen, wurde mir mitgeteilt.« Sie starrte pikiert auf den Christbaum.

Das nächste Mal kannst du ja im Hotel schlafen, dachte ich. Aber bevor ich den Satz aussprechen konnte, stand plötzlich meine Mutter im Nachthemd wieder im Zimmer. »Hier bist du also, Edgar. Langsam reicht es mir wirklich. Es ist gleich halb zwei, und ich bin todmüde.«

Ich schwieg schuldbewusst.

»Ach, Mutti, da bist du ja!«, rief mein Vater entzückt. Ob er seine Frau oder seine Mutter meinte, ließ sich schwer sagen.

Es entstand eine Pause.

Dann sagte Susanne: »Ilse, wolltest du nicht schlafen gehen?«

»Ja, Susanne, ich wollte schlafen, aber wie du siehst, war das nicht möglich.«

»Du warst doch stundenlang weg, da muss man doch irgendwann mal einschlafen.«

»Das ist lieb von dir, dass du dir solche Sorgen um mein Wohlbefinden machst.« Sie setzte sich demonstrativ in den freien Sessel.

Wieder entstand eine Pause, in der man nichts hörte als Gerald, der auf seinen Chips herumkaute.

»Also, falls du Sorge hast, dass es Edgar nicht gut

geht bei uns, dann liegst du falsch, es geht ihm phantastisch.« Susanne sah Gerald kokett an und klopfte neben sich aufs Sofa. Gerald gehorchte und setzte sich neben sie. Wahrscheinlich tat er das eher aus einer alkoholbedingten Erschöpfung heraus und nicht, um seiner Mutter nahe zu sein. Dennoch grapschte sie sofort nach seinem Knie und fing an, es zu streicheln. Ich mag das nicht, wenn sie meinem Mann die Hand aufs Knie legt, auch wenn es seine Mutter ist. Sie trank noch ein Schlückchen Rum und sah meine Mutter herausfordernd an.

Die kam ihr zuvor: »Entschuldige, Susanne, aber du redest so undeutlich, das kann keiner verstehen.«

»Ich schlafe grundsätzlich sehr gut«, sagte mein Vater plötzlich. »Das Problem sind die anderen.«

Wir blickten uns an.

»Welche anderen, Papi?«, fragte ich. Ich schwitzte wieder, und in meinen Ohren hatte sich ein fieser hoher Ton eingenistet. Es piepste ununterbrochen, und ich hörte die Stimmen der Menschen um mich herum, als würde ich mich unter Wasser befinden.

»Na, bei dem Gequatsche hier kann doch keiner schlafen.«

»Ach, Edgarchen, du bist süß. Wie kommst du denn darauf? Du sollst doch jetzt noch gar nicht schlafen!« Susanne beugte sich vor und tätschelte seinen Oberschenkel.

Warum fummelte sie dauernd an fremden Männern herum? Auch meine Mutter war genervt: »Tu mir einen

Gefallen, Susanne, und behandle meinen Mann nicht wie einen Debilen.«

»Was tu ich? Ich versuche ihn schon den ganzen Abend in unsere Gespräche mit einzubeziehen und kann dir sagen, dass ihm das sehr gut getan hat. Zumindest bis zu deinem Erscheinen hat er sich lebhaft an der Unterhaltung beteiligt.«

»Na ja«, sagte eine Stimme neben der Heizung.

Ich sah dort Rolfi zwischen den Hunden auf dem Boden liegen. »Rolfi, warum bist du nicht längst im Bett?«

»Außerdem unterbricht man Erwachsene nicht, wenn sie reden«, sagte Susanne.

»Ich hab doch gar nichts gesagt!«, meinte Rolfi und gähnte.

»Doch, du hast ›Na ja‹ gesagt. Das sind schon zwei Worte zu viel.«

»Susanne, lass mal, um die Erziehung meiner Kinder kümmere ich mich schon selbst«, sagte ich.

Gerald sah mich an und vergaß für einen Moment, weiterzukauen. Dann sagte er: »Ja, das ist allein unsere Sache.«

Ich musste ihn immer wieder ansehen heute Abend. Er sah müde aus, aber auf seltsame Weise wunderschön. Als würde er von innen leuchten. Seine Augen glänzten, und auf seinen Lippen hatte sich ein kleines Lächeln eingerichtet, und endlich waren die Grübchen in seinen Wangen wieder einmal zu sehen.

Die Stille wurde von der Türglocke unterbrochen.

»Ich geh schon«, sagte Gerald und blieb sitzen. Ich

konnte mich auch nicht mehr erheben, ich war todmüde. Niemand machte Anstalten, die Tür zu öffnen. Eine tiefe Erschöpfung hatte sich über uns alle gelegt.

Es klingelte erneut.

»Gerald, wolltest du nicht öffnen?«, fragte Susanne.

»Ja, ich wollte. Aber jetzt will ich nicht mehr, weil mir gerade eingefallen ist, wer vor der Tür steht.«

»Wer denn?«, fragte Susanne.

»Der Russe«, sagte mein Vater.

»Siehst du, jetzt geht es wieder los. Das haben wir jetzt davon«, sagte meine Mutter und erhob sich.

»Mami, bleib sitzen, ich geh schon.« Ich stand auf, zwinkerte meinem Mann zu, lief zur Haustür und öffnete. Am Gartentor standen Hans-Dieter und Rose. Sie waren klatschnass. Offenbar regnete es noch immer. Tragisch.

»Gundula, könntest du mal öffnen?«, rief mein Bruder ungeduldig.

»Was soll ich öffnen?«

»Das Törchen, verdammt noch mal.« Auch Rose wirkte ein bisschen ungeduldig.

»Ihr müsst es erst zu euch ziehen und dann drücken.«

»Was?« Mein Bruder rüttelte an der Klinke.

»Nein, Hans-Dieter, erst ziehen, dann drücken!«

»Ich kann dich nicht verstehen.«

Der Regen war wirklich ohrenbetäubend. »Meine Güte, Hans-Dieter, ziehen und drücken!«

Ich erinnerte mich an eine Szene aus unserer Kindheit. Mein Bruder und ich waren allein zu Hause und spielten Mutter und Sohn. Ich hasste es, dass mein Bruder nur Brei zu sich nehmen wollte. Es ärgerte mich maßlos, dass er mit seinen Essgewohnheiten immer die ganze Aufmerksamkeit auf sich zog. Das wollte ich ihm an diesem Nachmittag austreiben. Also befahl ich ihm, eine Möhre zu essen, und als er sich weigerte, schickte ich ihn in den Garten. Das machte meine Mutter auch immer so, wenn sie sich über etwas ärgerte, das wir getan hatten. An dem Tag regnete es in Strömen. Hans-Dieter war brav vor die Tür gegangen und wartete darauf, dass ich ihn wieder reinließ. Aber ich dachte nicht daran. »Erst, wenn du deine Möhre gegessen hast!«, rief ich durch die Terrassentür.

Meinem Bruder lief das Wasser in Strömen übers Gesicht, aber ich blieb hart. Irgendwann kam meine Mutter nach Hause, holte meinen durchgefrorenen Bruder ins Haus und steckte mich in die Besenkammer. Hans-Dieter hatte sich bei der Gelegenheit eine Lungenentzündung geholt und wäre fast daran gestorben. Was ich mir hätte denken können. Er hielt einfach überhaupt nichts aus.

Er rüttelte wieder am Törchen.

»Jetzt warte doch mal, ich komm ja schon!« Ich schlüpfte in meine Schuhe und trat wieder in den Regen.

Ich hatte das Törchen fast erreicht.

Da schob Rose meinen Bruder beiseite: »Lass mal, Hadi, denk an deinen Rücken.« Sie packte den Griff, drehte, sprang gegen das Törchen und hatte im nächsten Moment den Griff in der Hand. Sie war nicht nur fett, sie war auch kräftig. Alle Achtung. Leider fiel sie nach hinten und landete mit einem Aufschrei auf ihrem Hintern.

»Auuuuu!«

»Rose, ist was passiert?« Hans-Dieter tauchte zu ihr hinunter.

»Autsch, jetzt hab ich ihn mir endgültig gebrochen.«

»Was, Rose? Was denn?«

»Meinen Steiß.«

»Gundula«, schrie Hans-Dieter, »komm jetzt gefälligst raus und hilf uns!«

»Ja, ich bin ja schon da.«

Ich versuchte das Tor zu öffnen, aber da Rose die Klinke auf der anderen Seite abgerissen hatte, ging gar nichts mehr.

Rose richtete sich mühsam auf und klammerte sich an Hans-Dieter fest. »Vorsicht, Rosel, nicht zu doll an mir ziehen.«

»Autsch.«

»Gundula! Jetzt hilf doch mal endlich!«

Ich lief durch den Regen zum Haus zurück. »Gerald? Du musst uns helfen, das Törchen klemmt!«

»Was?«

»Meine Güte, Gerald, jetzt komm einfach!«

Sein Haarkranz stand auf einer Seite vom Kopf ab und sah aus wie ein Fähnchen. »Was ist denn hier los?«

»Das Törchen klemmt.«

»Ach so. Und Hans-Dieter?«

»Liegt mit Rose davor.«

»Verstehe.«

Gerald setzte seine hundert Kilo in Bewegung, lief zum Törchen, trat einmal dagegen. Es sprang sofort auf. Dann half er Rose und Hans-Dieter, die sich inzwischen völlig verknäult hatten, auf die Beine. Gemeinsam kamen sie auf mich zu. Rose wimmerte. »Jetzt hab ich mir den Steiß endgültig gebrochen.«

Mein Bruder sagte nur: »Ein Kännchen Tee wäre jetzt schön.«

32.
Kapitel

Gedankenverloren stand ich am Herd und beobachtete das siedende Wasser. Der Abend schien kein Ende zu nehmen. Ich blickte auf meine Nicole-Kidman-Uhr, immer noch neun.

Plötzlich stand Gerald neben mir.

»Na?«

»Na!«

Wir sahen uns an und waren ein bisschen schüchtern.

»Alles gut?«

»Jetzt schon.«

Wieder nahmen wir uns in den Arm.

»Schade, dass wir nicht allein sind«, sagte Gerald.

»Ja. Das wäre jetzt schön.«

»Morgen aufwachen und seine Ruhe haben.«

»Musik hören …«, sagte ich.

»Staubsaugen«, sagte er und grinste, »ausschlafen, kochen, lesen, spazieren gehen, mit den Kindern reden, Gesellschaftsspiele spielen, ins Kino gehen, Sex …«

»Also Gerald, wenn das die Kinder hören«, kicherte ich.

Dann sahen wir uns lange an.

Was ich an Gerald am allermeisten liebe, sind seine Augen. Die sind von einem Grün, das manchmal in einen warmen Goldton wechselt und dann wieder in kühlem Blau erstrahlt. Jetzt gerade hatten sie die Farbe von Bernstein auf moosigem Grund. Das mag sich jetzt kitschig anhören, aber genau daran erinnerte mich die Farbe.

Ich liebe auch die Fältchen um seine Augen, die eigentlich Lachfältchen waren und sich in letzter Zeit etwas tiefer in die Haut gegraben hatten und ihn manchmal verloren und erschöpft erscheinen ließen.

Ich blickte ihm tief in die Augen und hatte plötzlich das Gefühl, wir würden wirklich wieder ganz am Anfang stehen. »Ach, Eichkätzchen ...«, sagte er zärtlich.

Das ist mein Spitzname, weil meine Augen so braun sind wie die eines Eichkätzchens. Die Farbe meiner Augen verändert sich nie. Sie ist immer von einem langweiligen tiefen Schokoladenbraun. Egal, ob bei Tag oder Nacht. Immer gleich.

Da sagte Gerald: »Du hast die schönsten Augen der Welt.«

Aus dem Wohnzimmer drangen die Stimmen unserer Verwandten herüber. Mein Bruder beschwerte sich bei unserer Mutter darüber, dass sie sich nie um ihn gekümmert habe und er deshalb solche Probleme damit habe, im Leben Fuß zu fassen. Wenn man bedenkt, dass er Mitte vierzig ist, klingt das ziemlich unschön ...

»Was für ein Horror«, sagte ich.

»Ja«, sagte Gerald. »Das war das letzte Mal, dass wir mit der ganzen Familie Weihnachten feiern, das musst du mir versprechen, bitte, Gundel.«

»Ja, das tue ich. Aber du musst mir helfen.«

Und nach einer Pause setzte ich hinzu: »Am liebsten würde ich einfach alle rausschmeißen.«

»Warum eigentlich nicht?«, sagte Gerald und hatte plötzlich ein diabolisches Funkeln in den Augen.

33.
Kapitel

»Habt ihr geknutscht?« Ricarda erschien in der Küchentür.

»Na und? Immerhin sind wir volljährig.«

»Ist ja abartig«, sagte sie. Aber auf ihrem Gesicht breitete sich ein Lächeln aus.

»Wie spät ist es denn?«, fragte ich.

»Guck doch auf deine neue Uhr!«, sagte Gerald.

Ich lächelte kurz und sagte dann: »Geh wieder nach oben, Ricarda, ich schick die jetzt alle ins Bett!«

»Haben wir noch Cola?«, fragte sie.

»Im Kühlschrank.«

Ricarda öffnete die Kühlschranktür und holte sich eine Dose Cola heraus.

»Mir auch eine«, sagte Rolfi. Er stand plötzlich wie ein Gespenst vor mir.

»Uaah, Rolfi, musst du mich so erschrecken? Ist leider keine mehr da«, sagte ich.

»Oh, Mann, ich will aber auch eine Cola.«

»Wieso hast du eigentlich so wenig eingekauft?«, fragte meine Tochter. Da hatte sie recht. Warum eigentlich?

»Ehrlich gesagt, weiß ich auch nicht, wo das alles hingekommen ist. Und ich bin mir ganz sicher, dass ich vier Dosen Cola gekauft habe. Schau noch mal nach, Rolfi.«

Rolfi steckte den Kopf in den Kühlschrank. »Nö, da is' nix.«

»Komisch.«

Die Eierspätzle und die Aufbackbrötchen für den ersten Weihnachtstag hatte ich beim Auspacken der Tüten auch nicht gesehen.

»Mist«, sagte ich. Dann fiel es mir wie Schuppen von den Augen.

»Was ist? Was guckst du so?«, fragte Ricarda.

Ich sah es genau vor mir: Nachdem ich im Supermarkt eingekauft und bezahlt hatte, war ich mit den Tüten nach draußen zu meinem Fahrrad gegangen. Die Kassiererin hatte noch einen unglaublich komischen Witz gemacht: »Na, hoffentlich haben Sie einen Anhänger dabei.«

»Wofür?« Ich dachte an mein Damenrad und verstand nicht, was sie meinte.

»Na, für Ihr Auto. Oder haben Sie einen Lastwagenführerschein?«

Als ich versuchte, die Tüten an der Lenkstange und auf dem Gepäckträger meines Fahrrads zu befestigen, verstand ich erst, was sie gemeint hatte. Das hob meine Laune nicht gerade. Haben Sie schon mal Essen für zehn Leute und für zwei Tage eingekauft und dann auf einem Fahrrad verstaut? Nichts zu machen! Also lief ich zurück in den Supermarkt und kaufte einen Bindfaden, um die Tüten an mein Fahrrad zu knoten. Die Tüten ließ ich neben dem Fahrrad stehen. Als ich mit dem Bindfaden zurückkam, erschien mir der Tütenberg viel kleiner. Aber ich dachte mir nichts dabei.

Jetzt erinnerte ich mich an die kleine alte Frau, die am Ende unserer Straße wohnt und die nie zurückgrüßt. Sie fiel mir auf, weil sie so unglaublich viele Tüten schleppte, dass sie beinah darunter verschwand. Sie tat mir richtig leid, wie sie da wie ein Packesel aus meinem Sichtfeld humpelte. Sie schien, wenn es nach der Menge an Tüten ging, ziemlich viele Gäste zu erwarten.

»Heiliger Strohsack«, entfuhr es mir.

»Was denn?« Ricarda nahm einen großen Schluck Cola.

»Ich weiß, wer meine Tüten hat.«

Die Alte hatte mich eindeutig beklaut, dieses Miststück. Zumindest musste ich mir jetzt keine Sorgen mehr um meinen Geisteszustand machen.

»Ach ja, stimmt«, sagte Gerald.

»Was stimmt?«, fragte ich. »Na, dass die Eiswürfel im Keller sind«, sagte er. »Hast du heute ja schon mal gesagt.«

»Nicht dein Ernst, Mami«, sagte Ricarda. »Beim Hundefleisch?«

»Weil im Gefrierfach hier oben kein Platz mehr ist. Das ist voll.«

»Stimmt«, sagte meine Tochter. »Da liegt immer noch die eingefrorene Torte von meinem Kindergeburtstag von vor fünf Jahren drin. Immer, wenn man hier die Schränke aufmacht, kommt einem irgendwas Verschimmeltes entgegen.«

»Das stimmt, Mami«, pflichtete ihr Rolfi bei. »Neulich hast du uns alte Schweineschnitzel aufgewärmt, die schon ganz grün waren.«

»Die waren nur grün, weil ich an dem Tag, Spinat dazu gemacht hatte.«

»Ich wundere mich, warum wir alle noch leben. Bei dem Zeug, das du immer aufhebst und wiederverwertest.« Ricarda schleuderte die Coladose in den Mülleimer.

»Ricarda, da ist Pfand drauf.«

»Okay.« Sie fischte die Dose mit spitzen Fingern wieder heraus und versuchte, sie in die überquellende Pfandflaschentüte zu quetschen, die an der Türklinke hing.

»Mann, Scheiße, die muss man mal leer machen, da passt ja gar nichts mehr rein!«

»Der Mann könntest du sein, Rolfi«, sagte ich trocken.

Gerald kam mit einer Tüte Eiswürfel zurück und öffnete sie umständlich mit der Küchenschere. Die Unterhaltung im Wohnzimmer schien ihren Höhepunkt zu erreichen. Unsere Mütter hörten sich an, als seien sie kurz davor, sich gegenseitig an die Gurgel zu gehen.

»So, Cocktailzeit«, sagte Gerald heiter und riss die Eiswürfeltüte auf. Dann stellte er ein paar Gläser der Reihe nach auf.

»Meinst du, das ist eine gute Idee, Gerald? Deine Mutter ist schon ziemlich hinüber.«

»Eben. Genau das ist mein Plan, Gundel. Wir füllen die jetzt alle ab, und dann können wir endlich ins Bett.«

34.
Kapitel

Geralds Cocktails bestanden aus Wodka, Sekt, Orangenlikör und etwas Johannisbeersaft. Sie schmeckten süß und sehr erfrischend nach Limonade. Mein Vater trank sein Glas in einem Zug leer, hielt es mir vor die Nase und beschwerte sich darüber, dass die Gläser zu klein seien, er habe Durst. Als ich meinte, gegen seinen Durst könne ich ihm auch etwas Nichtalkoholisches mixen, reagierte er ziemlich ungehalten. »Wenn ich dieses Getränk nachbestelle, dann möchte ich genau dieses Getränk und nicht etwas völlig anderes.«

Also stand ich wieder auf und lief in die Küche. Ich musste meinem Bruder sowieso einen Gemüsemix zubereiten. Um diese Uhrzeit vertrug er keinen Fruchtzucker mehr.

»Gundula?«

Meine Mutter stand plötzlich hinter mir.

»Wir werden morgen abreisen.«

»Wieso denn?«

»Es werden mir hier von allen Seiten nur Vorwürfe

gemacht, ich mache anscheinend alles falsch, ich fühle mich wie der letzte Trottel.«

»Sehr schade, Mami, aber wie du meinst.«

Meine Mutter starrte mich an.

»Wie meinst du das?«

»Na ja, Mami, wenn es dir hier nicht gefällt, möchte ich dich nicht aufhalten.«

»Ach so.« Sie schaute sehr schmallippig zu Boden. Dann sagte sie: »Ich frage mich, warum ihr uns überhaupt eingeladen habt, wenn wir euch sowieso nur zur Last fallen.«

»Ihr fallt uns nicht zur Last. Im Gegenteil, wir hatten uns auf euch gefreut, aber wenn du dich hier nicht wohlfühlst, dann ist es vielleicht wirklich besser, wenn du abreist.«

»Wir! Nicht ich. Wir! Das war ja auch Quatsch, dass ich gedacht habe, ihr könntet mir Papi ein bisschen abnehmen.«

»Papi kann doch noch hierbleiben. Ich bring ihn dann in ein paar Tagen mit der Bahn zu dir.«

Meine Mutter sah mich an, als würde sie jeden Moment einen hysterischen Lachanfall erleiden. Aber sie kicherte nur.

»Also so eine blöde Idee.«

»Nein, ernsthaft! Lass doch Papi wirklich noch ein bisschen bei uns. Wir werden gut auf ihn aufpassen, und du kannst dich zu Hause ausruhen.«

»Wie soll ich mich denn ausruhen, wenn ich nicht weiß, ob ihr euch auch um ihn kümmert?«

»Na, dann musst du hierbleiben!«

»Nein, wirklich nicht. Wirklich nicht!« Damit ging sie aus der Küche. Ich atmete tief durch. »Und außerdem«, sie war noch mal zurückgekommen, »gehe ich jetzt ins Bett. Ich möchte morgen früh los.«

»Und Papi?«

»Du wolltest ihn doch unbedingt hierbehalten. Wenn er hier glücklicher ist, kann er gern noch ein paar Tage bleiben.« Dann machte sie kehrt und verschwand endgültig in den Flur.

Ich atmete noch einmal tief durch und fühlte mich plötzlich merkwürdig frei und erwachsen, so komisch das klingen mag. Das war das erste Mal in meinem Leben, dass ich nicht versucht hatte, Menschen gegen meinen eigenen Willen umzustimmen. Und das erste Mal hatte ich auch meiner Mutter Paroli geboten. Ich würde sie am nächsten Tag persönlich zum Bahnhof bringen und zusehen, wie der Zug abfuhr.

Ich musste an Herrn Mussorkskis Worte denken: »Sie müssen das Licht in sich anknipsen!«

Ich schüttete das Tomatenmark aus der Dose in ein Glas und gab Wasser nach. Dann kehrte ich mit Hans-Dieters Gemüsecocktail ins Wohnzimmer zurück.

Das Licht in mir brannte gleißend hell.

35.
Kapitel

Ich stellte den Gemüsecocktail vor Hans-Dieter auf den Tisch.

»Für wen ist das?«, fragte mein Vater alarmiert. Er lebte in der ständigen Angst, vergiftet zu werden. Susanne rümpfte beim Anblick der rötlichen Flüssigkeit die Nase und stieß geräuschvoll auf. Ich betrachtete meinen Cocktail. Das Tomatenmark hatte sich der Schwerkraft ergeben und bildete einen Klumpen am Boden des Glases. Sah wirklich nicht sehr appetitlich aus. Als hätte ich vorgehabt, Blutwurst zu machen.

Nach einer Schweigeminute griff Sunsanne wieder in die Chipsschüssel und sagte dann kauend: »Ich darf so was gar nicht essen wegen meinem Bluthochdruck, aber hier ist ja ansonsten Schmalhans Küchenmeister.«

Ich saß in meinem Sessel und beobachtete meine Familie. Alle wirkten erschöpft und unzufrieden. Da hörte ich mich mit einem Mal sagen: »Warum seid ihr eigentlich gekommen?«

Ich konnte es körperlich spüren, wie sich acht Augenpaare auf mein Gesicht hafteten. »Na ja …« Ich musste mich sammeln. Nicht aufgeben, Gundula Bundschuh, du bist die Hausherrin! »Du …, äh, ich meine … ich frage mich gerade, warum ihr alle gekommen seid, wenn es in Wirklichkeit keinem von uns gefällt …«

Susanne fasste sich als Erste: »Kindchen, sei nicht albern. Es ist wunderschön bei euch. Und das Essen werde ich auch noch überleben. Ich bin hart im Nehmen. Wenn ich dir nur einen Tipp geben darf: Gutes Essen ist wichtig, auch für die Entwicklung deiner Kinder. Sicher ist deine Ernährung auch ein Grund dafür, dass du so schlecht aussiehst, liebe Gundula.«

»Das glaube ich kaum, Susanne«, sagte ich und räumte die Chipsschalen ab.

»Was meinst du damit?«

»Mir ist heute etwas klar geworden, was ich lange nicht wahrhaben wollte.«

»Was meinst du damit?«

»Ich dachte, es ist eine gute Idee, euch hier aufzunehmen, aber ich glaube, zu Hause würdet ihr euch wohler fühlen.«

»Wie kommst du denn darauf? Wir sind doch eine Familie! Und nur weil deine Mutter, entschuldige, wenn ich das sage, aber … wenn sie so empfindlich ist und unter wahnhafter Eifersucht leidet, muss man den anderen doch den Spaß nicht verderben.«

»Ich glaube nicht, dass es nur an meiner Mutter liegt.«

»Das habe ich nicht gesagt. Ich habe gesagt: unter anderem.«

»Lass mal, Mutti«, meinte Gerald.

»Ich möchte, dass das unser letztes gemeinsames Weihnachtsfest hier in unserem Haus war. Seid mir bitte nicht böse, aber … Ich möchte, dass ihr morgen abreist.«

Jetzt war es heraus. Ich schluckte.

Totenstille senkte sich über den Raum, und ein eisiger Windhauch schien mein Gesicht zu streifen. Gerald sah mich an, als würde er mich zum ersten Mal sehen. Das machte mir Mut.

»Morgen gegen zwölf geht's zum Bahnhof, dann können wir noch gemütlich zusammen frühstücken.«

Hans-Dieter grinste unsicher, und Susanne vergaß, ihren Mund zu schließen. Es war noch immer mucksmäuschenstill im Zimmer.

Dann sagte mein Vater: »Bravo, Ilse, das sind mal vernünftige Worte.«

»Ich bin's, Papa, Gundula, aber das macht nichts. Ich möchte jetzt auch endlich mit meiner Familie allein sein.«

»Was denn für eine Familie? Wir sind deine Familie!«, sagte Susanne.

Niemand reagierte.

»Seid uns nicht böse«, sagte ich zu Rose und Hans-Dieter, »aber Gerald und ich müssen jetzt ins Bett. Ich buche die Züge also für zwölf Uhr.«

»Wir auch?«, fragte Hans-Dieter.

»Ja natürlich, Hans-Dieter, davon rede ich doch die ganze Zeit!« Er wollte wieder nicht verstehen. Typisch.

Plötzlich stand Rose neben mir und kniff mich in den Arm.

»Weißt du, Gundel, der Hadi und ich, wir wollten ja eigentlich ein paar Tage länger bleiben, aber wenn das hier so ist mit der Stimmung, fahren wir halt auch früher. Nicht gerade morgen, aber übermorgen dann eben. Sonst wird das für Hadi zu anstrengend, immer hin und her, er hat ja die Anreise kaum überlebt.« Sie sah Hilfe suchend zu meinem Bruder.

»Rose, jetzt hör mal auf, solch einen Blödsinn zu reden. Ich bin doch nicht behindert! Ich wollte sowieso schon die ganze Zeit abreisen! Ja, da guckt ihr! Und wisst ihr, wie ich auf diese Idee kam? Ihr zerstört jegliches seelische Gleichgewicht. Hier herrscht eine Atmosphäre, dass man fast erstickt!«

»Hadi, reg dich nicht so auf!«, sagte Rose und grabschte seinen Arm.

»Lass mich!« Er schüttelte sie ab. »Gundula, du hast schon immer gemacht, was dir gerade in den Kram passte, und jetzt stornierst du mal eben unser Weihnachtsfest. Kann dir ja auch egal sein, was aus uns wird!«

»Ich dachte, du wolltest sowieso abreisen«, warf ich vorsichtig ein.

»Ja! Und weißt du, warum? Weil ich todkrank bin! Weil ich mich nicht aufregen darf! Weil mir das hier alles zu viel wird!«

»Aber dann ist doch alles gut?«

»Nichts ist gut! Weil du mal wieder deinen Willen durchgesetzt hast!«

»Na ja, so ist es ja nicht …«, versuchte Gerald sich einzumischen.

»Doch, so ist es immer gewesen und … autsch!« Mein Bruder sackte in sich zusammen.

»Hadi!!! O Gott!« Rose half Hans-Dieter auf einen freien Sessel.

»So. Jetzt hast du es erreicht, Gundula. Jetzt ist es aus.«

»Lass mal, Rose. Es geht schon wieder.«

Rose sah mich vorwurfsvoll an. »Also, Gundel, das fand ich jetzt nicht schön von dir, uns einfach so rauszuschmeißen. Wir hatten ja auch unsere Planungen. Und der Hadi darf sich nicht aufregen. Der hat ja schon zwei Stenzel!«

»Was hat er?«, fragte Gerald.

»Rose, das heißt Stenze, lass jetzt mal, ich bring das hier allein zu Ende. Ich hatte euch ja auch meine Hilfe mehrmals angeboten, aber Ihr wolltet ja nicht.«

»Welche Hilfe denn?«, fragte ich. »Außerdem heißt das Stents und nicht …« Weiter kam ich nicht.

»Er meint sein Buch, Gundula. Er wollte euch immer aus seinem Buch vorlesen, damit ihr zu euch finden könnt, aber ihr habt das einfach ignoriert, obwohl er mit dem Buch …«

»Rose, ich möchte das allein besprechen.«

»Ich wollte nur sagen, dass du ja mit dem Buch, also dadurch, dass du aus deinem Buch auch Manfred und –«

»Rose! Halt einmal deine Klappe!«

Er hatte Rose mitten im Satz unterbrochen, ihr Mund stand sekundenlang offen. Dann entfuhr ihr ein seltsames Geräusch, das an das Rauschen einer alten französischen Klospülung erinnerte.

Sie starrte Hans-Dieter an wie den Heiligen Geist.

»Was?«

»Rose, entschuldige, das interessiert hier doch keinen, bitte verzeih diesen Ausbruch, aber ich habe mich langsam auch nicht mehr im Griff.«

»Gut, Hadi. Das hat mich jetzt sehr verletzt, wie du mit mir umgegangen bist. Das werde ich so schnell nicht verarbeitet bekommen.« Sie tätschelte mich noch mal am Arm, während ihr die Tränen übers Gesicht liefen, und verließ dann mit hängenden Schultern das Wohnzimmer.

»Na gut. Jetzt ist auch schon alles egal. Was ich sagen wollte, war: Wir reisen ab. Morgen. Die Schwingungen hier im Haus bringen sogar meine Beziehung zu Rose in Gefahr. Und das will was heißen. Wir haben noch nie miteinander gestritten. Das braucht jetzt Wochen, bis wir das geklärt haben und wieder frei atmen können.« Er nieste. »Ich spüre auch, dass sich da was zusammenbraut. Mein Körper reagiert sofort auf Disharmonien. Gerald, es wäre jetzt an dir, dich zu deinem Ausfall zu äußern. Aber stattdessen sitzt du nur da und trinkst und lachst dir ins Fäustchen, das ist nicht die feine Art. Wirklich nicht.«

»Faust.« Mein Vater lächelte verschmitzt. »Den habe ich im Schultheater gespielt. Mein Gretchen war der heißeste Feger in der ganzen Obersekunda. Ich habe sie nach jeder Vorstellung flachgelegt.«

»Was?«, sagte Gerald.

»Gerald, du bist mir noch eine Antwort schuldig!«, sagte Hans-Dieter streng.

»Entschuldige, natürlich, du hast ja recht, ich bin heute ein bisschen übermütig.«

»Ihr solltet euch mal in kundige Hände begeben, bevor noch die Kinder Schaden nehmen.« Damit ging mein Bruder grußlos nach oben.

Gerald und ich sahen uns an und brachen in schallendes Lachen aus. Wir lachten, bis auch mein Vater, der uns interessiert beobachtete, plötzlich mitlachte und uns allen dreien die Tränen kamen.

»Das muss ja wahnsinnig komisch sein«, sagte Susanne. »Ich gehe jetzt zu Bett, mir wird das zu albern hier. Ich lege mich in euer Schlafzimmer, wenn's genehm ist.«

»Gute Idee, Mama, schlaf gut«, sagte Gerald und wischte sich die Tränen aus dem Gesicht.

»Fährt mich morgen jemand zum Bahnhof?«

»Klar, ich mach das.«

»Schön. Gute Nacht allerseits. Gerald, bringst du mich bitte nach oben?«

»Klar.« Gerald stand auf. An meinem Sessel blieb er kurz stehen und beugte sich zu mir hinunter. »Gundula, das hast du gut gemacht. Ab morgen sind wir ganz für uns.«

»Bis auf Papi ...«, sagte ich.

»Ja, bis auf deinen Vater, aber das ist gut so.«

Bevor ich etwas erwidern konnte, hörte ich die Stimme meines Vaters: »Gundula, könntest du mir wohl meine Tabletten geben? Ich möchte mich ein wenig ausruhen. Es war hier ja doch ganz schön was los.«

Ich blickte zu meinem Vater. Er sah erschöpft aus, aber seine Augen leuchteten.

»Klar, Papi, ich hol sie dir.«

»Kommt Gretchen heute noch vorbei?«

»Welches Gretchen?«

»Na, die vom Faust, die kleine Blonde.«

»Die kommt morgen, Papi.«

»Das ist schön. Dann muss ich so richtig ausgeruht sein.«

Epilog

Am nächsten Morgen nahmen alle noch ein flüchtiges Frühstück zu sich. Im Gegensatz zum Vorabend waren sie äußerst wortkarg, und mein schlechtes Gewissen meldete sich sofort wieder. Beinahe hätte ich sie wieder zum Bleiben überredet.

Kennen Sie das? Dass man am Ende Angst vor der eigenen Courage bekommt? Ein Blick aber in Geralds glückliches Gesicht genügte, um alle Zweifel zu zerstreuen. Susanne und Ilse sprachen kein Wort mehr miteinander, aber meine Mutter vergoss zum Abschied bittere Tränen. Sie konnte trotz allem schlecht ohne meinen Vater sein.

Susanne hatte sich ihren scharlachroten Wintermantel übergeworfen und machte gute Miene zum bösen Spiel. Sie bedankte sich überschwänglich für das »rauschende Fest« und ließ sich von Gerald zum Bahnhof chauffieren.

Mein Bruder nutzte die verbleibende Zeit mit mir dazu, mich um Geld anzupumpen. Er sei absolut bankrott und wisse nicht mal mehr, wie er für sich und seine

Frau in nächster Zeit etwas zu essen auftreiben solle. Ich handelte eines seiner Bücher auf zehn Euro herunter und kaufte es ihm ab, damit er wenigstens ein bisschen Geld in der Tasche hatte. Dann schmierte ich ihm und Rose noch ein paar Butterstullen und brachte die beiden zum Bahnhof, nachdem Gerald zurück war.

Anschließend machten wir mit den Kindern und meinem Vater einen geruhsamen Spaziergang zum Discounter und zurück und setzten uns danach alle zusammen unter den Weihnachtsbaum. Mein Vater war überglücklich. Für ihn war alles neu, und solange man sich mit ihm beschäftigte, war er mit sich und der Welt zufrieden.

Er lebt übrigens bis heute bei uns. Meine Mutter hat im Zug nach Hause einen ehemaligen Chemielehrer kennengelernt, der sich unsterblich in sie verliebte und meinen Vater im Handumdrehen ausbootete. Wer weiß, wozu es gut war. Meinem Vater jedenfalls scheint nichts zu fehlen.

Gerald verzichtete auf seine Schlagermusik, weil ich ihm angedroht hatte, im Gegenzug den ganzen Abend aus Hans-Dieters Buch vorzulesen.

Eines habe ich aus diesem Weihnachtsfest gelernt: In jeder noch so tiefen Dunkelheit gibt es ein kleines Licht. Man muss sich nur trauen, nach dem Schalter zu suchen …

Epilog, zweiter Teil

Übrigens: wenn Sie denken, dass unsere Verwandten sich diesen Rausschmiss zu Herzen genommen hätten, täuschen Sie sich.

Sie tauchten schon im nächsten Sommer unvermittelt wieder bei uns auf. Sie können sich denken, dass unsere Ferien dadurch eine dramatische Wendung genommen haben.

Aber das ist eine andere Geschichte …

Danksagung

Ich danke den drei wichtigsten Menschen in meinem Leben: Christian, Moritz und Bruno. Danke für jede Lebenssekunde mit euch.

Dank an Anna-Kathrin Oesterle-Stephan, die mir in unseren Gesprächen die Augen geöffnet und meinen Blick für die Menschen geschärft hat.

Meiner phantastischen Agentin Sohela Emami. Mit dir, liebe Sohela, macht jegliche Arbeit riesengroßen Spaß!

Meinem Lektor Thomas Tebbe. Danke dir für dein Vertrauen!

Dem Piper Verlag für dieses zweite Buch.

All unseren lieben Freunden für die schönen Abende und Erzählungen aus der eigenen Familienwelt.

Unseren Hunden Gustav (Dogge), Calypso (Boxer), Coco (Mops), die als Vorbilder für Gulliver und Othello herhalten mussten (was ihnen leichtgefallen ist).

Außerdem danke ich allen Lesern, die Freude an dem Buch hatten und Spaß daran, Gundula und ihre chaotische Familie zu begleiten.

Ich hoffe, dass Paare, die getrennte Wege gehen wollten, sich ein Beispiel an Gundula und Gerald nehmen können und ihren Entschluss noch einmal überdenken …

Meiner Mutter.
Meinem Vater, der mein Vorbild ist.

»Ungeschminkt und berührend« ARD

Coverabbildungen vorbehalten

Andrea Sawatzki

Brunnenstraße

Roman

Piper Taschenbuch, 176 Seiten

ISBN 978-3-492-31938-6

Keine Kindheit wie jede andere. Eine, die Andrea Sawatzki in intensiven Momenten erzählt: Der Journalist Günther Sawatzki gibt sein altes Leben auf, um mit seiner Geliebten zusammen zu sein, mit der er auch eine Tochter hat, Andrea. Bald stellt sich heraus, dass dieser weltläufige und gebildete Mann schwer krank ist. Das nicht einmal zehnjährige Mädchen muss sich um den Vater kümmern, dessen anfängliche Symptome der Vergesslichkeit schnell ernster werden. Bis zu einem katastrophalen Ende. Unerschrocken und fragend nähert sich Andrea Sawatzki ihrer eigenen Kindheit.

PIPER

Leseproben, E-Books und mehr unter www.piper.de